新 潮 文 庫

傾 い た 世 界

自選ドタバタ傑作集 2

筒 井 康 隆 著

目次

傾いた世界

自選ドタバタ傑作集 2

関節話法

昼過ぎ、ピコスからの文書を翻訳専用コンピュータで訳し終え、ほっとひと息ついて首の骨をぽきぽきいわせていると、背中に誰かの視線を感じた。振り返ると、翻訳室のドアをあけて局長が立っていた。いつもの無表情な顔でじっとおれを見つめている。おれは首をすくめ、また制御装置にかがみこんだ。

関節をぽきぽき鳴らす人間はだいたいにおいて下品だと思われることが多く、ことに目の前で首の骨を鳴らして見せたりすると露骨に顔をしかめ、気持が悪いといって厭《いや》がる人が多い。局長もきっとそうに違いないぞ、と、おれは思った。朝からいやな予感がしていたからだ。特にうちの局長は外見や態度だけで他人を判断する傾向が強く、不作法を許さない。業務報告中にくしゃみをして局長の上等の服に洟《はな》をとばし、地方へとばされたやつもいる。

「ああ、津田君」

　おれはとびあがった。局長はいつの間にか猫のように足音をしのばせておれの背後まで来ていた。どちらかといえばおれは犬人間である。猫人間のすることで好意を持ち得たためしは一度もない。

「は、はい。はい」

　振り向いて立ちあがりかけると、そのまま、そのままというように局長はおれの肩を押えた。爪《つめ》は立てていなかった。

「君、昼食はまだですか」金縁眼鏡を光らせ、局長はそういった。「まだでしょう。一緒に食べませんか。ちょっと話もあるし」

　うなずきながらおれは考えた。様子が変である。この局長、部下の失策や欠点を発見してもその場で咎《とが》めたりその日のうちに注意したりするようなことはまずやらない人物で、たいていは三日か四日後、時には一カ月ぐらいあとになってから、わざわざ機会を作り、皆の前でまとめて大打撃を加え、嬉《うれ》しげにニャアとなくのだ。昼食をとりながらねちねち説教をする気でないとすると、何かいい話かな、とも思ったが、いやな予感はまだそのままだ。楽天性の犬人間が朝からずっと感じ続けているほどはっきりした、いやな予感なのだ。

局員食堂のそれとは違い、さすがに局長室の調理機は上等で、うまい料理が次つぎと出てくる。単純にも不安を忘れ夢中になって食べていると、ナプキンで口を拭《ぬぐ》いながら局長が言った。

「ねえ君。マザングって知っていますか」

「ええ。ピコスのもうちょっとあっちの星でしょ。地球とはまだ交渉のない」

「外交関係を結ぶことになったんですよ」溜息《ためいき》をつきながら局長がいった。「貿易ですがね」

おや、と思っておれは局長を見た。悲しげな顔をしていた。マザングとの交渉がなぜそんなに悲しいのかと思いながら、おれもナプキンを使った。

ますます悲しげに、局長はいった。「マザングに大使館を作り、大使を置かねばなりません」

「そうでしょうね」おれはうなずいた。「当然です」

身をよじらんばかりに、局長はいった。「マザング人は関節話法で話します」

「それは変っていますね。ではこちらの大使も、間接話法だけで話せるよう訓練していけばいいでしょう。それよりむしろ、新しくマザング語の勉強をしなければならないのが大変ですな」

局長は眼をしばたいた。「ですから、そのマザング語がすべて、関節話法で話されるのですよ。ああ。君のいうのは文法ですか。文法ならマザングは古くからピコスと文化的交流があったので、ピコス語の通りといってもいいぐらいです」

「ますます好都合じゃありませんか。ピコス語ができる人ならたくさんいますからね。マザング語も簡単に習得できるでしょう」

「そう思いますか」きょとんとした顔で、局長はおれを見つめた。

「そうでしょう」おれも局長を、きょとんとして見つめ返した。

「なるほど。そうですね」

「そうです」

ニャアとなかんばかりに局長は相好《そうごう》を崩し、おれに身をすり寄せたいような様子でテーブルへ身をのり出した。「君はさっき、首の骨を鳴らしていましたね」

「あっ。すみません」おれは頭を低くした。「いつもの癖でつい。あれはまことに下品な習癖であります」

「いや。いいんです。いいんです」ついに本性をあらわし、ぴちゃぴちゃ音を立てんばかりに局長は舌なめずりをした。他人がやったら眉《まゆ》をひそめるだろうに。「あれ、もう一度できますか」

「できますよ」首をかくりかくりと左右に折り、ぽきぽきとおれは関節を鳴らした。

「さっきやったばかりなのに、また音が出ましたね」

「あと一度ぐらいは鳴る筈《はず》です」いい気になり、おれはもう一度首を鳴らした。

「ははあ。これは驚いた」局長はちょっと身をひき、おれの上半身を眺めまわした。

「ほかの関節はどうです。あなたはときどき、指の関節も鳴らしているようだが」

「よくご存じで」おれは頭を掻《か》いた。「よほどお気にさわっていたようですな」

「正直のところ、わたしにとってはたしかに気にさわる癖でした」局長は珍しく本音を吐いた。「ところが今はそんなこと言っていられない。指の関節は全部鳴りますか」

おれにはまだ局長の真意がつかめず、犬人間の正直さ、両手の指関節全部残らず鳴らして見せ、ついでに両の手首まで鳴らして見せた。

「すごいすごい。それなら足の指も鳴らせるでしょう」

「鳴らせます」靴を脱《ぬ》ごうとしたおれは、さすがにあきれて局長を見た。「あなたはいったいぼくに、何をやらせているのです」

「これはすみませんでした。君があまり簡単そうにいうので疑ってテストなどしたりして」と、局長は言った。「わかりました。マザングへ行ってもらうとして、君以上に適当な人はいません」

おれはちょっと驚いた。「翻訳官としてですか」

「大使としてです」

あきれて茫然《ぼうぜん》としているおれに、局長はにこにこ笑いながらいった。「星務省では、マザングへ行く人材を捜し求めていたのです。たしかにあなたであれば、マザング語を簡単に習得できるでしょう」

「だってぼくには大使になる資格がありません」

「かまいません。三階級特進させます」

「そんなことをしなくても、他に大使候補者はいっぱいいるでしょう」

「でもその人たちは関節話法で話すことができませんのでね。でもあなたなら」

やっと勘違いに気づき、おれはとびあがった。「冗談ではありません。そんなややこしい言語など、とても習得できません」

局長は猫の眼を細くした。「君はさっき、簡単に習得できるだろうと言いましたね。あれはどうせ他人のことだと思って無責任にそう言ったのですか」

「違います。違います」猫人間の呪《のろ》いを振りはらおうとするように、おれは両手を眼の前ではげしく振った。「第三者の言ったことをその言葉通り直接伝えず間接的に説明する方の、あの間接話法だと思っていたのです」

「でも文法はピコス語の通りです。君はたしかにさっき、それは好都合だと言いましたよ」

きゃんとないて、おれは立ちあがった。「いやです。あんな遠いところへ行くのはいやだ。おまけに写真で見た限りでは、マザング人というのは気持の悪い豆細工のタケヒゴ人間」

「これっ。何という不謹慎な。豆細工のタケヒゴ人間とは何ごとです。ああいう身体《からだ》つきだからこそ、関節話法が発達したのです」局長も立ちあがった。「三階級特進すれば、任期が終り、帰球してから局長になれるのですよ」

「どうせ任期は決っていないのでしょう」と、おれは言った。アラドスクという特殊な言語を専攻したばっかりに、ピンクの象たちが棲《す》む文明度の低いさいはての星へとばされ、交代する者がいないため一生帰ってこられなかった大使をおれは知っている。

「いやなに。決っていますよ」と、局長はなだめるように言った。「たったの三年ですよ。君」

一応の任期は決っていても、それは星務省の都合でいくらでも延期できるのだ。だが、おれはもはや言い返そうとせず、ふたたび椅子《いす》に掛けて頭をかかえこんだ。これ以上拒否的言辞を弄《ろう》したら必ずや猫の復讐《ふくしゅう》があるに決っていて、たとえマザング行きを免れたとしても局内での出世はおぼつかない。

「関節話法を、そんなに大変なことのように考えなくていいのです」局長は、はや勝ち誇った笑みを浮べてそう言った。彼にしてみれば気にさわる癖を持った部下を遠くへとばすことができ、しかもマザング駐在大使の適任者を発見したことで省上層部に対し点数が稼《かせ》げるのだ。「もともと儀礼的な大使交換なので、ややこしい交渉はほとんどなく、つまり日常会話だけで用が足りるのです。マザングは地球へウラニウムを、地球はマザングへ塩を、月一回定期的に一定量を送るというだけの取引なのですからね。あなたがすることはほとんどありません。まことに簡単な仕事です。しかも給料と地位があがる。いいでしょう。ね。ね。明日からさっそく、来球中のマザング星人について関節話法を習ってください。なに君ならすぐ出来ます。ほほ。ほほほほほほ。ほほ」ニャア、とないて局長は招き猫の恰好《かっこう》をし、ぴょんととびあがった。

次の日から猛勉強がはじまった。

教師のマザング人は、意外にもたいへん流暢《りゅうちょう》な地球語を喋《しゃべ》った。してみると、マザング人が啞《おし》だから関節話法が発達したというわけではないらしい。

マザングは、文化の発達した惑星のいずれにも言えることであるが大気組成も気候も地球とさほど変らぬ惑星で、ここに棲むマザング人も、古くは地球人同様口からの発声で喋っていたらしい。ところがいつの頃からか、若者たちの間に活字だの雄弁だのへの不信感が拡《ひろ》まったのをきっかけにして、まるで文章を読むように声を出して喋るのがたいへん下品な習慣であるということになり、それまでボディ・ランゲージの一種であった関節話法が全マザング共通のことばとなった。したがっておれの教師も、口から声を出す時はなんとなく抵抗感があるらしくて、ひどく恥ずかしげな様子をする。

むろんマザングにも文字はあり、これは手紙にしろ印刷物にしろ、外交文書にしろ文学作品にしろ、すべて古くからあるマザング語で書かれている。だからこみいった話になれば筆談をやればいいわけであるが、大使として赴《おもむ》く以上はやはり儀礼的な日常会話などを心得て行く必要があるし、いつどこで複雑な内容のお喋りをしなければならぬ破目に陥るやら、知れたものではない。

マザング人の体型は地球人とたいへんよく似ているが、風船みたいなまん丸い顔を除けばからだ全体は骸骨《がいこつ》みたいに痩《や》せている。そのかわり関節だけが発達し、その部分は瘤《こぶ》のようにふくれあがっている。おれが豆細工のタケヒゴ人間といったのはそのためである。音を出すことが可能な関節のある場所や全体の数も地球人とほぼ同じだ。

最も多く使われる関節はやはりいちばんよく鳴り、かつ鳴らしやすい関節であって、これも地球人とほぼ同様だから具合がいい。即《すなわ》ち両方の手骨の中手骨と指骨の間の関節つまり指の根もと、次いで両方の足骨の中足骨と指骨の間の関節つまり足指のつけ根、それから両方の手首つまり橈骨手根《とうこつしゅこん》関節、さらにおれがよく鳴らす首の骨つまり環椎《かんつい》後頭関節、足首つまり距腿《きょたい》関節、そして両方の指骨の第一関節や第二関節である。指の第一関節は鳴らしにくい上、音が小さいので、比較的使われることが少ない。

足指の骨まで鳴らすため、マザング人は常に裸足《はだし》だ。おれも当然、マザングへ行ったら裸足にならなければいけない。ついでだが、足の関節を鳴らす場合、礼儀正しくやろうとすれば手を使ってやらなければならないのだが、くだけた会話や急ぐ場合は足指や足の甲を地面や床に押しつけて鳴らしてもいいことになっている。

実例に則して言えば、まず右手親指の第一関節をぽきりといわせてから足首をごき、と鳴らし、左手中指の第二関節をこきりとやると、これは「思いやりのある人」とか「話のわかる人」とかいう意味になる。ところがこれをやる途中でもし足首が鳴らなかったとすると「馬鹿《ばか》」になり、まったく違ったというか、むしろあべこべの意味になるのであって、この辺がことばを使った口での会話なら当然そうするような胡麻化《ごまか》しだの言いなおしだのがまったくきかない、関節話法の難しいところなのだ。

同じ関節を何度か続けて鳴らさなければならぬ場合もある。これはたいていの場合いちばんよく鳴る関節が使われるわけで、たとえば人差し指の根もとを左右二度ずつ四度鳴らすと「すみません」とか「勘弁してください」になる。しかし地球人にはこれがなかなか難しく、おれがやっても二度めは鳴らぬことが多い。もし二度めが左右両方とも鳴らなかったら「勝手にしろ」、左が鳴らなかったら「ざま見ろ」、右が鳴らなかったら「あっちへ行け」になってしまうから、おれはこれをずいぶん訓練した。失敗すれば、詫《わ》びるつもりが喧嘩《けんか》を売ることになるのだ。その他高等技術を要するものにたとえば「大洪水」という単語がある。これは右手中指のつけ根を連続五回鳴らすというものであるが、まあ、滅多に使わない単語だからさほど気にしなくていいし、四回しか鳴らなくても「洪水」、三回しか鳴らなくても「大水」だから意味は通じる。

さらに会話が高級になり複雑微妙になってくると肘《ちゆう》関節や膝《しつ》関節、肩《けん》関節や股《こ》関節、はては仙腸関節などという部分まで鳴らしたりすることもあるらしいが、これは地球人にはとても真似《まね》ができない。おれのような人間が訓練を重ねてさえ、時おりまぐれで肘関節が一度だけ鳴る程度。もっとも鳴らせなくても日常会話には差支《さしつか》えない。ところが困るのは、貿易品目であるから必然的にマザング政府高官との会話に登場する頻度《ひんど》が高い筈の「ウラニウム」という言葉なのだ。これは首の骨を一回ごきりといわせてから、苦手な股関節を左右同時にぼきっと鳴らさなければならない。おれを教えてくれているマザング人は両の大腿《だいたい》部を内側へちょっとひねるだけで鳴らして見せたが、おれの場合は大変だった。最初はまったく鳴らなかったが、そのうち、まず高くとびあがり、両足をがに股《また》に開いて地べたへ落ちてくるとどうにか鳴るようになった。しかしいちいちそんな不恰好なことはできないので、おれにはただ、なろうことなら大使歓迎パーティなど公《おおやけ》の席上で貿易品目の話が出ないでくれるよう祈るしかなかった。日本式便器の大便の姿勢になるからだ。

　関節話法とはそもそも、その関節固有の音によって話の内容を相手に伝えるのか、あるいは鳴らした関節がどの部分の関節であるかによって話を伝えるのか、そこのところがわからず、ちょっと心配だったのでおれはマザング人教師に訊《たず》ねてみた。というのは、もしそれが音によって伝わるのだとすれば、おれの発する関節音はマザング人のそれとだいぶ違うだろうし、同じような音がする関節もたくさんあるからだ。ましてマザング人の関節音を聞きわけるなどということはたいへん難しい。

教師の答えでおれはやや安心した。もともとボディ・ランゲージから発した話法であるだけに、視覚と聴覚のどちらが主体ということはないそうだ。したがって会話をする時は全身を相手にさらけ出し、どこの関節を鳴らしているかが相手にわかるような大きなジェスチュアで話さなければならないという。だが関節音は、たとえいくら小さな音でも必ず発しなければならず、音を出すふりをしただけではその部分を無視されてしまう。特に相手が盲人の場合は全面的に音によって聞きわけるしかないからだ。そのかわり啞にとっては便利な話法であるといえる。もっとも、マザング語で「啞」というのは、関節の鳴らぬ特異体質者を指すことばだそうであるが。

約四カ月の猛訓練の末、最初の定期便として塩を満載した宇宙船に同乗し、おれはマザングへ単身赴任した。四カ月間、関節話法の訓練ばかりしていたわけではない。礼儀作法や習慣などの他、本来のマザング語である文字に書かれたマザング語や、地球へ連絡する必要上その発音も勉強した。こちらの方はピコス語の文法を知っているだけにずっと楽ではあったが。

マザングの首都に着いていちばん先に気がついたのは、たいへん静かなことだ。これはすべての点で音を発するという行為が非礼にあたるとされているところから自然にこうなったらしく、車は警笛も動力音も発せず、工場にも完全防音装置が施されているという。ずっとあとで聞かされたところによると、われわれの乗ってきた宇宙船が着陸時に播《ま》き散らした「ここ数百年来マザングでは一度も聞くことのなかった大音響」のため死者まで出たそうである。

大使館にあてられた都心の小さな建物に落ちつく暇もなく、さっそく歓迎パーティにつれて行かれた。パーティの賑《にぎ》やかさはなく、関節を使っての会話の邪魔にならぬ程度の静かな音楽が演奏されているだけだ。周囲の人間を自分に注目させようとして大声をあげる無遠慮な人間も、もちろんいない。地球で教師からさんざ注意されていたことだが、ここでは声を立てて笑ったり泣いたりするのはたいへんな非礼になり、もしそんなことをすれば赤ん坊並みの知能しか持たぬ者と見なされてしまう。むろん微笑を浮かべることはボディ・ランゲージの一種だから大いにいいことであり、パーティ会場でもほとんどの客がにこにことおれに笑いかけてきた。

政府高官や民間の実力者や文化人や、彼らの夫人たちに紹介され、けんめいに関節話法をあやつっているうち、おれは次第にこの関節話法というやつ、馴《な》れぬ地球人には不便だが、たいへん文化的に高度な、洗練された話法ではないかという気がしてきた。これはつまり、喋っている人間に対してその場にいる全員が注目しなければならぬ話法であるところから、横から割りこんできて話そうとする不作法者をしぜん拒否することになり、そもそも割りこもうとしても話している人物以上の大きな関節音を立てぬ限り注意を惹《ひ》かないわけで、知らぬ間に礼儀正しい会話が成り立つのである。大きな関節音を出そうとしてすべての指にマイクの指輪をしている客もいたが、これは小さな関節音しか立てられない婦人だけに許可されているのだそうだ。

突然、声を出しておれに喋りかけてきたやつがいたのでおれはびっくりした。しかも、「わたくし啞でございますので、失礼をお許しください」というのだ。「だってあんた喋っているじゃないか」と言い返そうとして、おれはやっと地球で教わったことを思い出した。特異体質者だったのだ。啞だからといって差別されるようなこともないらしく、政府高官であることを証明する赤いネッカチーフをしている。それでも小さな声で済まなそうに「啞というものは不便なものでございまして」などとくどくど弁解するのを聞くのはまことに奇妙なものであった。マザング語は知っているものの、こういう人物に対しては声で話せばいいのか関節話法で挨拶《あいさつ》すべきなのかわからず、ちょっと迷ったが、すぐ「すべてにわたり声を出さず、音を立てぬことがより礼儀にかなう」といっていた教師のことばを思い出し、関節話法で話した。たしかに、その方が礼儀にかなっていたようだ。

場内が暗くなり、部屋の壁ぎわの一段高くなった部分に照明があてられた。そっちを見ろということなのだ。やがて壇上にさっき紹介された外務大臣が登り、おれを歓迎する旨《むね》の演説をやりはじめた。さすが外務大臣だけあって、まことに優雅な物腰の、洗練された関節話法である。彼はいちばん最後におれを紹介し、壇を降りた。

おれに照明が向けられた。その照明がおれを誘導するように動きはじめた。登壇せよということらしい。着任の挨拶は覚悟していたし、ちょっと練習もしていたので、おれはスポット・ライトに導かれながら壇の方へ進んだ。

壇上には胸の高さにマイクがあり、さらに床にはフロアー・マイクがとりつけられていた。それぞれ手の関節音、足の関節音を場内へ大きく流すためのものである。おれは一礼し、さっそく話しはじめた。しかしさっきから多くの人と会話してしまったため、もはや鳴らなくなった関節もあり、もともと即席で習得した関節話法である。おれは四苦八苦した。なるべく短く、どうにかこうにか一席弁じ終えたものの、聞いているマザング人にとってはさぞかし変な演説であったろうと思う。おそらくこんな具合にしか聞こえなかったのではないだろうか。

「そのひとつの大臣が、ただいまご紹介にあずけたそれはこれの私、地球人大使です。私は喜ぶこの星来たことにあります。これは関係する地球マザングのひとつの貿易は、それにおける大変始まったことである。だから私は来たらよかったのです。しかしながらすぐにその一匹の大使は死なない。この星に馴れていないからであります。さいわいにも、今、そこら辺のひとつの皆さまがたと会ってあげたところによると、マザングの皆さんはみんなやさしい泥だらけである。それを私は今知った。そこでこれのひとつのお願いは、なるべく早くこのひとつのマザングの死ぬようになりたいのは、そのひとつの皆さまが乞《こ》います。ご協力です。今後であります。つまり換言すれば協力の、皆さますべては物乞いです。もしおかしな死にかた、どうぞ私に注意したらできてください。あっちはひとつしかないので、私があっちへ行くのはそれであります」

ひそやかな関節音による拍手の中をおれは降壇した。さすがに吹き出したりするような不作法者はひとりもいない。だが、おそらくは笑いをこらえるのにけんめいだったのではないかと思う。特に右手小指の第二関節が鳴らず「喋《しゃべ》る」がすべて「死ぬ」になったので後半は意味が不明だった筈《はず》だ。しかしまあ、自分でいうのもおかしいが初めての挨拶としてはまずまず上出来の方であったろう。笑うやつには、そんならお前関節話法でもってひとことでもいいから喋って見ろと言いたい。

大勢の前で恥をかいたのはそれ一度だけだった。大使といっても特にきまった用があるわけではない。月一度の定期便の発着を地球に連絡するという、あまり大使らしくない仕事を除けば、あとは儀礼的な会合だのパーティだのに出席していればいいわけであって、残りの時間は関節の訓練と会話の勉強に費やすぐらいのものである。

一カ月経《た》ち、二カ月経ち、マザングの習慣にも、マザング料理にも、奇天烈《きてれつ》なマザング人の姿にも馴れ、次第に住みやすくなっていき、とうとう六カ月経った。むろん六カ月というのは地球時間の六カ月で、マザングでは一年と二カ月に相当する。

その日、定期的に行われる大使交歓パーティへ行こうと思い、このパーティはよその星から来た大使ばかりなので口で喋りあえるからたいへん気は楽であって、だから鼻うたなど歌いながら着換えしていると、地球からヴィジフォンがかかってきた。連絡時間でもないのにと不審に思いながらおれはスクリーンに向って腰かけた。

ぎくりとし、数センチとびあがった。ヴィジフォンをかけてきたのはおれの苦手な呪《のろ》いの猫男、あの星務省情報局長であった。

「わ」

「何が、わ、ですか」彼は珍しく髪を乱していた。「事件が起りました。君の力を借りねばなりません。よく聞いてくださいよ。今日はマザングの宇宙船が定期便として来球する予定だったのですが、地球へ着く寸前、地球の反連合政府軍によって拿捕《だほ》され、積荷のウラニウムを奪われてしまったのです。マザングの宇宙船乗組員が今にも拿捕されようという時にマザング本国へ連絡したらしく、そちらの政府はすでにこの事件を知っています。かんかんです。乗組員の安全さえ保障できないような星とはもう交易しないというのです」

「しめた」おれは思わず叫んだ。「では私は地球へ戻れますね」

「なにを無責任なことを」局長はおれを睨《にら》みつけた。瞳孔《どうこう》が開いていた。「この難局を乗り切るのは君の仕事であり、切り抜けられなければ君の責任になるのですぞ。

貿易が始まって以来、マザングから送られてくるウラニウムによって成立する地球の関連企業、関連産業の会社は今や十社以上も設立されています。貿易が中止になるとすでに巨大化したこれら企業はたちまち経営困難に陥り、それは政府の存続にも関係してくる。早い話がわたしだって馘首《くび》になる。そんなことになったら、わたしは君を呪いますよ」

「ご免なさい。すみません」局長の眼が本当に光ったのでおれはあわてふためき、眼前の宙を両手で引っ掻《か》いた。「わかりました。どうすればよいのですか」

「そちらの政府は今、閣僚会議を開いています。この事件の善後策を相談するための会議です。そこへ行って説得してきてください。なんとしてでも交易を続けてもらえるよう、一世一代の熱弁をふるってください」

おれはあわてた。「待ってください。わたしがせいぜい日常会話ぐらいしか喋れないことはご存じでしょう」

「では君は」局長は眼を吊《つ》りあげた。「そちらへ行ってから関節話法はまったく上達しなかったのですか。いったい毎日何をしていたのです」

「とんでもない。それはもちろん勉強はしました」おれは死にものぐるいで弁解した。「しかしある程度以上は、地球人の肉体条件というものがあり」

「それを克服するのが君の責務だった筈です。いけません。喋れぬなどという言いのがれをこの私が許すと思いますか。よろしい。できぬというならしかたがない。マザングとの国交がなくなればもはやこちらからも定期便を出す必要がなくなるわけだ。どういうことかわかりますかね。貿易が再開されぬ限り君は一生そのマザングから地球へ帰ってこられなくなるのですよ」

きゃん、となないておれはとびあがった。「や、や、やります。死にもの狂いで政府閣僚を説得します」

「最初からそう言えばいいのです」

おれはあえぎながら質問した。「で、マザング人の乗組員たちはどうしました。四人いた筈ですが、むろん無事に奪い返したのでしょうね」

「全員死にました」と、局長はいった。「奪還作戦が不成功に終り、反連合政府軍兵士に殺されてしまったのです」

きゃうん、きゃうんとおれはないた。「ではせめて犯人、つまりその反連合政府軍兵士だけはやっつけたのでしょうね」

「逃げました。それに彼らは、次第に勢力を伸ばしつつあります」局長はちらと眉《まゆ》をひそめてから、ぐっとおれを睨みつけた。「むろん君は、そんなことは言わず、彼らを壊滅すべく連合政府軍が総力をあげて戦っているといえばよろしい。彼らが全滅するのは時間の問題だとね」

おれは泣きそうになり、おろおろ声を出した。「嘘《うそ》がばれたらどうするのです。たとえ貿易が続くことになっても、マザング人の中からまた犠牲者が出たりしたら、わたしは殺されます」

「嘘ではありません。なにが嘘か」局長がまっ赤な口をあけて叫んだ。「事実、わが軍は彼らと戦っているのです」それから声をひそめ、眼を細めた。「いちばん強く貿易中止を主張しているのは総理大臣だそうです。彼さえ説得すればよろしい。わかりましたね。では、成功を祈りますよ」

ヴィジフォンが切れるなり、おれはとびあがるように立ちあがって薬品戸棚へ突進し、「関節骨強化剤」をむさぼり食った。むろん一度にのんだってさほどの効果はないが、何かにすがらずにはいられぬ気持だったのだ。

いつも閣僚会議が行われる総理官邸へやってくると、守衛の制止を振りきっておれは会議室へとびこんだ。呼ばなくてもすっとんでくる筈と思っていたのだろう。マザングの閣僚たちはむしろおれを待ちかねていた様子であった。

十人の閣僚は半円陣を作って会議を開いていた。テーブルはなく、ソファに腰かけたまま関節話法で話しあうのだ。おれはさっそく彼らの中央に進み出て、立ったまま関節話法をあやつりはじめた。あわてているので、なかなかうまく話せない。

「今はひとつの地球からのそれの連絡が出ました。わたし出ました。思っていた通りのことか。ないない。そこにおいて悲しいですね。気の毒ですね。それに関係してあなたがたにおいては、つらいことであって、わたしはそれ以上の違います。四人のひとつの乗組員の死ぬの生きるのとおっしゃいますが、聞きましたか」

「聞きました」正面の席の総理大臣が、むずかしい顔で関節をあやつり、おれに話した。「わたしとしては、もう二度とこのような悲劇のないよう、地球との貿易を打ち切ろうかと考えております」

おれはあわてた。「もう二度とこのような悲劇はあるか。ないない」はげしくかぶりを振りながら、おれは必要以上に力をこめて関節を鳴らした。「今はひとつの地球の責任は、わたしはとりません。それをないと帰れない。安全ならあのひとつの洗面所は責任をとるそうです。保障は洗面所です。洗面所は地球政府全体の保障です。わたしに誓うと言わせましょう。もとへ。ないことを誓います」

「星務省」と「洗面所」を間違えているおれのけんめいな関節話法を隔靴掻痒《かっかそうよう》の面持で見ていた外務大臣が、関節音をはさんだ。「しかしいくらあなたが誓ったり地球政府が保障したりしても、革命を起そうとしている兵隊たちがいる以上、わたしたちは少しも安心できないではありませんか」

「それのことよろしい。よいか。よいのです」ここぞとばかり、おれは力説した。「連合軍はもうない。敵はする。します。勝ちます負けます。敵はありません。よいのです」戦争という単語が思いつかず、おれはいらいらした。「勝ちます負けます。それに勝ちます。ひとつの必ずです」

「では、その戦争が終ってから、もう一度改めて貿易交渉を行おうではありませんか」と、外務大臣がいった。

「その戦争です。戦争」おれはとびあがった。「それ、終ってからのあっちとこっちの話は駄目です。ひとつの貿易が切れますと、産業がそこにおいて内側に下がります。多くの人です。生命《いのち》が死にます」あまり力をこめたので、鳴らない関節が出はじめた。

「今後の貿易のことよりも」情報大臣が静かな怒りをこめて冷やかな関節音を立てた。「死んだ乗組員のこと、船のこと、それらについてどのような賠償をお考えか。それをうかがいたい」

「それについてのことは勝手にしなさい。もとへ。勝手にしなさい、もとへ。勝手にしなさい。もとへ。勝手に」

人差し指の根もとの関節が鳴らなくなり、四苦八苦しているおれに、閣僚全員がわかったわかったという身ぶりをした。

「乗組員のぶち殺されたあとの人の妻子のこと面倒です。見ます。その生活一生です。見ます。もとへ。見る金出します」これくらいの独断交渉は許される筈だ、とおれは考えた。問題は船であるが、右手首の関節が鳴らなくなり、船という単語が出せなくなったのでおれは困った。他のことばに言い換えなければしかたがない。

「えんやとっとのどこかへ行ったそのことは、地球のえんやとっとで、こっちの星へ来るのも地球のえんやとっと。帰るのも地球のえんやとっと。だからこの星のえんやとっとの必要はひとつの今後はない。だから、だから」小指の関節が鳴らなくなった。「この星のしゅらしゅしゅしゅしゅが今後、そんな悲しいことになるない。しゅらしゅしゅしゅしゅを酒の道は絶対にない。そのしゅらしゅしゅしゅしゅのこっちからの塩、塩の塩。今までは塩。それの塩をこれからは塩の塩」

「積荷の塩を倍にするとか、定期便をすべて地球の船にするとか、遺族に金を出すとかいったことばかりで、この人のいう賠償とはすべて物質的なことばかりである」総理大臣が閣僚を見渡しながら言った。「誠意が感じられない」

「誠意なことは多くのわたしいくらでも感じてあげるよ」おれはいそいで一歩前進し、総理大臣に語りかけた。総理以外の他の閣僚は、おれの出した条件に満更でもなさそうな表情だったからである。だが、鳴らぬ関節はますます多くなった。「その誠意、血を出す。地球政府も鬼ばかりで、温かいですか。あるある。ないのはそれです。あたり前の裸です。それはひとつの何もないか。あるある。みんな涙をちびるからそれぐらいです。持っていますので心配はなく、お前らみんな馬鹿《ばか》。われわれの見ていないのだからひとつの言いかたは先に決めたらいけない。こら。これはこんにちはです。失礼が、今は喋ると馬鹿に近い」

ますます支離滅裂になってきたのでおれは焦《あせ》った。しかもどちらかといえば、より失礼で、無礼な方向へ支離滅裂になっていく。これはなぜかというと、地球でもそうだが、罵《のの》りやすい無礼なことばというものには短いことばが多く、鳴らすべき関節音が鳴らないとそのことばは当然短くなり、敬語やていねい語が一転して罵言《ばげん》に変化してしまうのだ。閣僚たちを怒らせては大変だから、おれは鳴らぬ関節を力まかせに折り曲げて音を出し続けた。それでもどんどん無礼なことばの混入する度あいがふえ、総理大臣などは怒りに顔を赤く染めはじめている。これはいかんと思い、おれは痛さをこらえてさらに関節を無理やり鳴らし続けた。ついには両足首の関節がどうにかなり、左肩が脱臼《だっきゅう》した。その他の関節も赤くなって脹《は》れあがり、折り曲げようとするたびに頭がずきんと鳴り、眼の前が暗くなり、思わずとびあがるほどの苦痛を齎《もたら》す。だが、わめいたり叫んだりすることさえ許されないのである。

おれは歯をくいしばり、低く呻《うめ》きながらなおも関節を鳴らし続けた。

「その屋根の笑う。ないか。もう偉いよ。くそ。だがひとつのあっち行きこっち行きのもの。そこへはお前ら死ね。おれはこの星のあそこにこれはない。ひとつのそこのお前らは女のあそこですか」

総理の顔はますます紅潮し、額には静脈が浮き出た。まん丸い顔がさらに膨《ふく》れあがり、今にも爆発しそうである。

経済大臣がとりなすように関節音をはさんだ。「総理。地球人というのは精神的賠償といった抽象的なものを理解できない傾向にあるようです。すべてを物質的なものに還元して考える。それが彼らの特質なら、それはそれでいいではありませんか。塩を倍くれるというなら貰《もら》っておきましょう。また、今の提案からもわかるように、地球における塩の重要性というのは、わがマザングにおけるウラニウムの重要性ほど大きくはないようです。ですから地球への積荷をウラニウム以外の、われわれにとってもっと重要性の低いものに変更するということもこの際考えられるのでは」

おれはあわてた。ウラニウムを送ってもらえなくなっては現政府の立場がなくなり、おれは地球へ戻れなくなる。「待つ。ひどく待つ。あのそれこれは待つ。その変える人間のくその毛か。どうしても今のひとつの呉《く》れるがよい。呉れ。あの今のままの助兵衛《すけべえ》が変えてはないぞ。臭いぞ。とぼけるなの今の世の中の女か。それは便所か」

右手首の関節がはずれ、左中指の骨が折れた。おれは激痛に身をよじった。だが、ここで中断するわけにはいかない。どうしても、問題の「ウラニウム」という関節語を出さなければならないのだ。しかし股関節《こ》を左右同時に鳴らそうとしても、両足首の関節がぐらぐらしているうえ、左肩が脱臼しているので、高くとびあがることができない。とびあがれなければ落ちてくることができない。おれは周囲を見まわした。部屋の隅に花瓶《かびん》立てが置いてあった。おれは這《は》うようにして部屋の隅へ行った。花瓶を床におろした。花瓶立ての上へよじのぼった。まず首の骨を一回ごきりと鳴らしてから両足をがに股《また》に開いて床へとびおりた。ごきごきといやな音がして、伸展位《しんてんい》百八十度の股関節がはずれた。両足がM字型に開いたのだ。

おれは床に這いつくばった。激痛で口から舌がとび出した。だが、まだ言わねばならぬことが残っている。けんめいに、まだ鳴る関節をあやつった。しかし悲しいかな、もはや何を言っているのかわからない。無理に文字にすればこのようになるだろう。

「呉れ明けくその肉の花。今はひとつのここは便所の虫世界。他のないかそのくそ女の弾丸《たま》のあと。こんにちは。いやらしいうすのろの影の形のここで一発ぶちかます。お前らくそ溜《だ》めよく来たな。出て行け。せんずり流れてほういほい」

毛穴から血を噴き出しそうなほどに鬱血《うっけつ》していた総理の顔が一瞬にして蒼白《そうはく》にな

り、脳溢血《のういっけつ》でも起したのかうむと呻いて彼は床に倒れた。大騒ぎになり、閣僚全員がおれを抛《ほ》ったらかしにして総理に駈《か》け寄った。

もう駄目だ、と思い、おれは観念した。説得は失敗したのだ。おれの意識が遠ざかった。

気がついてからひとに訊《たず》ねてはじめて知ったのだが、意外なことに説得工作は成功していた。地球とマザングはまた貿易をはじめるとのことであった。なぜだか、理由はよくわからない。

あの時、総理の顔がまっ赤《か》だったのは、怒っていたためではなく、笑いをこらえるためだったのだ。おれの滅《め》茶《ちゃく》苦茶《ちゃ》語でのべつ吹き出しそうになり、笑うのは失礼にあたるのでずっと息をとめていたのだという。そしてついに意識を失ったのだが、むろんすぐに息を吹き返したそうだ。

おれの方は息を吹き返してからもからだがもとへ戻らず、外科病院へかつぎこまれた。あちこちの骨や関節がずいぶんひどい状態になっていたらしく、今でもまだ、おれはこのマザングの病院で療養中だ。病名は「言語障害」である。

（「小説新潮」昭和五十二年五月号）

傾いた世界

マリン・シティが傾きはじめたのは九月に颱風《たいふう》がやってきて、マリン・シティが浮かんでいる内海までを津波のような高波が襲い、大きく荒れ狂った年の秋の終りだった。この高波によってマリン・シティを安定させていたバラスト・タンクの隔壁が一部壊れ、重心が南南西へ移動したのだ。

湾の入口は南南西にあった。十月のなかば過ぎ、マリン・シティは太平洋に向かって徐徐に傾きはじめたのだったが、角度として二度にも満たぬ筈《はず》のその傾斜に気づく者はその頃《ころ》まだひとりもいなかったし、不都合が起ることもなかった。海を隔てた都心部へマリン大橋を渡って往復するバスの停留所でその朝、文具郎《ぶんぐろう》は論理谷《ろんりだに》という老大学教授から話しかけられてはじめて、マリン・シティの傾きを眼《め》で確認した。

「なあ、強弱君《こわよろ》や。ちょっとここから北二号棟の北東の壁面をご覧。あの壁面は垂直である筈だが、かどの垂線を、そのずっと向こうの、あの三十六階建て、ええと、全然ビルといったかな。あの壁面の垂線と重ねあわせるようにして見ると、天辺《てっぺん》のあたりで少しズれていることがわかるだろう」

シティの女たちとは違って、この論理谷認定《にんてい》という教授に一目《いちもく》も二目も置いていて、それゆえ教授から話しかけられることも多い強弱文具郎が老人の鉛色の細い指さきが示す方向を眺《なが》めると、海を隔てて都心に立つ高層ビルの頂きが、シティ北端部の団地アパートの五階から、文具郎の眼で見てほんの一センチズれて右に傾いていた。「ははあ。ちょっととび出していますね。全然ビルが北東へ傾いているのかな」

「いいや。北二号棟が南西に傾いておるのだ。こっちから見てご覧。北一号棟の垂線とは平行じゃろ」

故《ゆえ》にマリン・シティ全体が南西に傾いているのだという、比較的声高《こわだか》に結論づけたふたりの会話を、同じ停留所でバスを待っていた端整な顔立ちの御忠新子《ごちゅうしんこ》というサラリーマンの女性が聞いていて、その日の午前中、出社後に会社の電話を使って市長に報告した。就任して一年めだったマリン・シティの市長は米田共江《よねだともえ》という五十八歳になる女性で、もともと論理谷認定とは仲が悪く、さらに彼女はこの海上都市建設を推進した功労者でもあり、それ故の初代市長職であったのだから、マリン・シティそのものを深なさけといえるほどに愛していたのだ。御忠新子からの電話を執務室で受けた米田共江は、強弱文具郎という名のサラリーマンに対しては、その妻の強弱調子《ちょうこ》がシティの職員でもあり、顔見知りであるところから、それが強弱文具郎という名のサラリーマンであるということ以外になんの特殊な観点も感情も持つことはなかった。しかし論理谷認定という名に対しては強い反応を示した。

市民に不安感をあたえようとする悪質な意図のもとに流言蜚語《りゅうげんひご》をたくらむ反市民的行為であるとして、彼女は警察署長の坂巻一濤《いっとう》に論理谷認定の取調べを命じた。その日のうちに大学の研究室へ呼出しの電話がかかり、論理谷認定は落ちついてこれに応じた。

「おおかた、また、糞江《くそえ》さんの命令でしょうな」と、彼は言って笑った。「米田共江」をくっつけて書けば「糞江」とも読める。教授は彼女を怒らせることが趣味でもあった。

マリン・シティにも大都市並みにタウン誌があり、四月はじめ、その座談会に市長以下シティ居住の名士五人が公民館へ集まった。この席で米田共江と論理谷認定の議論が食い違い、対立した。今マリン・シティに必要なものは何かという問題提起に米田共江は「物語」であると答えたのだったが、この「物語」ということばを出席者五人が各人各様に解釈し、賛成した。米田共江は自分の名をまるでジャンヌ・ダルクの如《ごと》く伝説の中に残せるようなマリン・シティの創世記を望んでいたのだが、論理谷認定は「物語」を近代的理念として受けとった。ポスト・モダン用語としての「物語」は古く一九七九年、ジャン＝フランソワ・リオタールが「ポスト・モダンの条件」という書物の中で使ったことに始まる。ここではじめて近代的理念としての物語、たとえば「デモクラシイという物語は終った」といった用いかたによる「物語」がはじまったのだが、それ以後このことばは多くの人びとがほとんどその人数だけの異った意味で使いはじめていて、論理谷認定の如く本来の意味で正しい解釈をし、かつ用いている者は稀《まれ》だった。したがって米田共江と論理谷認定は「物語」の意味の範疇《はんちゅう》に含まれる両極端の解釈をなしたといってよく、議論の食い違いも当然だった。

「その物語は誰が作るのですか市長」

「むろん皆で作るのです」

「皆とは誰ですか。誰かが理論化しなければ物語にならないでしょう」

「物語は理論ではありません。あなたは民主主義を否定するのですか」

「民主主義にかわる物語を作るのではないのですか」

「物語を作るのです」

「あなたは何を言っているのですか」

「あなたは何を言っているのですか」

米田共江のわかりの悪さに業《ごう》を煮やして論理谷認定がついに断言した。「いちばん優秀な女といえど、最も駄目《だめ》な男性に劣る」

「女性侮辱罪で逮捕させましょうか」と、米田共江は言った。「男性の肉体的暴力に対して女性は言語による暴力で応じてくる。時には女性の言語による暴力が男性の肉体的暴力を触発することもある。したがって言語による暴力も罰するべきだと言い出したのはそもそも男性だったのですよ。でも今では、男性の言語による暴力は罰せられ、女性のそれは罪にならないことになっています。その法案を提出し、通過させたのはわたしでした。知っているでしょう」

「知っていますよ。しかし今のはわしが言ったことではない。ショーペンハウエルという男が言ったのです」

「つれて来なさい。その下品な名前の男はどこにいるのですか」

小便なんとかという名前だと勘違いしているのだろうと思いながら論理谷認定は答えた。「百六、七十年前に死にましたよ」

米田共江は絶句した。あとで側近の強弱調子に漏らしたところによると彼女は、百六、七十年前に死んだような男と友人であった論理谷認定であればとっくに二百歳は越している筈と思い、一瞬辟易《へきえき》したのだそうだ。

その席にいたのは他に実業家の資本利足《すけもとしたり》、女流の歌人で又仏可酔《またふっかよい》、作家の膳部桐作《ぜんぶとうさく》などであり、彼らのとりなしで座談会はなんとか終ったが、この時以来米田共江の中に論理谷認定は危険人物として記憶された。以後も彼らの間では市民税査定の件、フランス・レストラン「シャトオ」におけるウエイターを仲介しての諍《いさか》いの件、市長官舎前における学生を煽動《せんどう》しての花火の打ちあげ及び暴言の件など、詳細を述べるのも馬鹿《ばか》ばかしいような些細《ささい》な事件が続いてきたのだった。

論理谷認定とバス停で会話を交した日の夜、強弱文具郎が帰宅すると妻の調子が珍らしく早く帰ってきていてさっそく彼を非難しはじめた。

「マリン・シティが傾いてるなんて噂《うわさ》を流したわね」

「噂じゃないよほんとだよ」文具郎は声色《こわいろ》、フィンガー・アクションなどをふんだんに使った仕方話《しかたばなし》で今朝がたの論理谷認定との会話、観測、結論を妻に述べた。「ほら。ここからも見えるでしょ。こうして見ると団地内の建物はすべて傾いているけどあの全然ビルだけは」

十一階の窓から文具郎が指さした夕闇《ゆうやみ》迫る都心部はまったく見ようとせず、調子は吐き捨てるように言った。「なんて馬鹿なの」

「馬鹿ですか」文具郎は眼を丸くし、腕組みしているネグリジェ姿の妻を凝視した。

「なぜ全然ビルひとつだけが北北東に傾いているということに考えが及ばないの。だからあなたは馬鹿だっていうのよ」

「ぼくも最初はそう思ったんだけど」

「あのお爺《じん》にまるめ込まれたんでしょ。あんなやつと話をするなって何度言えばわかるのだ」

食卓の上の、カンガルーの手を加工した栓抜《せんぬ》きをコンと頭に受け、三・六キルタゴの痛さだ、などと思いながら文具郎はしょげかえった。「ぼくは馬鹿ですね」

「馬鹿だわよ。さあこっちへいらっしゃい」

それとほぼ同時刻、帰宅したばかりの御忠新子は、それ故にこそいまだに独身という異常なほどの几帳面《きちょうめん》さで壁に掛けてあるシャガールの版画が入った額の傾きをなおしていた。この傾きを正すのはもう三日目になるなどと思いながらそれでも彼女は、自分が今日密告した男ふたりによる会話の内容との関連には思い到《いた》らなかった。

翌日、論理谷認定は昨日の午後工学部の学生に命じて測量させたマリン・シティ傾斜度の図面を持って警察署へ出頭した。事情聴取にあらわれた刑事を、重大事であるお前など話にならん署長を呼べと一喝《いっかつ》し、出てきた坂巻一濤に図面を見せ、マリン・シティの傾きがデマでも中傷でもなく事実であることを説いて聞かせた。

「傾いた原因は何だとお考えですか」実証されては反論ができず、坂巻一濤は教えを乞《こ》う姿勢になった。

「九月の颱風と、それから過度の流動性を持ったバラストによるものでしょうな」

過度の流動性とは、バラストがパチンコ玉であることを意味していた。

「しかし、隔壁がありますよ」

「その隔壁がどれか壊れた。連鎖反応でまだまだ壊れていく可能性があります」

「すると、傾きは今後ますますひどくなっていくだろうとおっしゃるのですか」

「その通り。あんたはわかりが早い」論理谷認定はにやりと笑った。「警察署長までが女性でなくてよかった」

警察独自に大学へ詳細な測量を依頼することを坂巻一濤は考えた。市長に報告するのはそのあとだ。論理谷認定の提出した測量図面などというものを米田共江が信用しないことくらい彼にはわかっていたし、迂闊《うかつ》に報告すれば彼女は怒りを坂巻一濤自身にまで向けてくるおそれがあった。

その夜半、震度4の地震があり、米田共江は官舎内の自室の寝台上で眼を醒《さ》ました。そもそも海上に浮かぶマリン・シティは地震などまったく恐れずともよい都市なのであると自讃吹聴《じさんふいちょう》していた米田共江であったが、急激な海水の動きはやはり人体に感じられる程度には海上都市を揺すりあげもすることを最近彼女は知りはじめていた。米田共江は眠れなくなった。さっき地底下層部でかすかに大量のパチンコ玉がざらざらと流動する音がしたのは気のせいだったろうか。忌《いま》わしい思い出に満ちたその音を出す物体をこともあろうに海上都市のバラストなどにしてしまったことを米田共江は少し悔やんだ。

三十五年も昔のことだが製紙工場の従業員だった米田共江の夫はパチンコ狂であり、その頃は大金であった約五万円の給料をすべてパチンコに注《つ》ぎこみ、それでも足りずに借金を重ねた。たとえば一日にほんの二千円ほどをパチンコで失うだけでも年間七十万円ほどの損失となり、三日に一度は勝つといえどその数千円の金も彼が帰宅するまでの途中で酒となって消える。生活費はなく、子供をかかえた米田共江に内職の手だてはなく、夫がサボタージュと前借りが原因で工場を馘首《かくしゅ》されたのを機会に彼女は離婚し、政党の下部組織である婦人団体に身を投じたのだった。

地震よりもむしろそのあとにやってきた高潮のせいで翌朝になるとマリン・シティは三度強、南南西に傾いていた。女流歌人の又仏可酔は朝起きてひどく頭痛がし、最初はまた宿酔《ふつかよ》いかと思っていたがそれは昼過ぎになってもおさまらず、午後になってから近くの毒島《どくじま》内科医院へ出かけた。この医院の待合室で彼女は自分と同じ症状を訴えている多くの主婦たちを見出《みいだ》したのだが、彼女たちとのおしゃべりによって、多くは彼女たちの夫も同じ頭痛を訴えていること、全員がめまいを併発していることなどを知ったのみであり、彼女たちのすべてが昨夜南側に頭を向けて寝た者ばかりであり、一般には縁起が悪いとされているいわゆる北枕《きたまくら》で寝た者がひとりもいないことまでは知り得なかった。

三度強にもなる海上都市グランド・ラインの傾きを最初に知ったのは市の公園課の依頼でマリンランド・パークの売店を建築中であった伊知梁《いじはり》公務店の棟梁《とうりょう》、伊知梁頑乎《がんこ》だった。彼は最初水平器の測定によって、なかば建ててしまっている売店の床が三度も傾いているのでこれは歪《ゆが》んだ売店を建てたらしいと思ってあわてたが、念のため公園内外のあちこちに水平器を置いて確かめたところどこもかしこも南南西へ三度あまり傾いていることを知った。彼は市役所へやってきてこの事実を報告した。報告を受けたのは強弱調子だったが、彼女は昔気質《かたぎ》の伊知梁頑乎の男権的なものの言いかたが気に食わず、報告なかばで口論をはじめ、怒鳴りはじめた彼を警備員に引き渡し、さらに市長へのその報告を意図的に怠った。朝からなぜか不機嫌《ふきげん》な米田共江にまた怒鳴られることをおそれたからでもあり、都市が傾くという事態によってなんとなくわが身に不吉なことが起りそうな予感を自覚していたからでもあった。

　この日、マリン・シティでは怪我人《けがにん》が続出した。特に階段や坂道や建物の入口のスロープなどで顚倒《てんとう》した者が多く、倒れた拍子に頭を強打して重態となった老人や女性が数名いた。幼稚園では南向きに傾斜した滑り台で遊んでいる幼児の中から、異常に早い降下速度で滑降したため地面に激突して歯を折るなどの怪我人が何人か出た。だがこれらの者のうちの重傷者はそれぞれ別の病院にかつぎ込まれ、それぞれが不注意による事故と看做《みな》されて手当てを受けたため、市全体の怪我人の異常な多さを把握《はあく》した者はひとりもいなかった。

　一方ではこの日マリン・シティに居住する者で都心部に勤務先を持つ多くの者は、勤務しはじめてほどなく三半規管の異常による頭痛、耳鳴り、めまいを起し、それぞれが勤務先近くの医院に診察を乞うた。強弱文具郎もまた頭痛に悩まされ、「五・一一キルタゴの痛さだ」などと思いながら会社の近くの内科医院へ昼休みに出かけている。いずれもほどなく三次元空間における運動の分析機能がもとに戻ってすべての症状は消えたのだったが、しかし彼らは全員、またしても自分の三半規管に異常を起させるべく、三度あまり傾斜したマリン・シティへと夕刻になれば帰っていったのである。

「なあおい。やっぱりおれ、傾いてると思うんだけどなあこの島全体」強弱文具郎はその夜また、妻が怒ると知りながらそう言わずにいられなかった。

強弱調子が豹《ひょう》のように黄色く眼を光らせて夫を睨《にら》む。「また馬鹿なことを言い出すつもり。もしそんな噂が拡《ひろ》まったら、あなたのせいだと思われるわよ。わたしは馘首《くび》になって、わたしたちマリン・シティ出て行かなきゃならなくなるわよ」

「お前、頭痛がしないか。あのさあ、建築用具の、水平器ってあるだろ。おれ、明日、あれひとつ持って帰ってこようと思うんだけどね」文具郎が妻の眼つきだけで沈黙してしまわなかったのは、はじめてのことだ。文具郎は文房具や建設用具や医療機器などのうち、特に測定器具ばかりを製造している会社に勤めていて、彼は研究室所属の開発課員なのだった。

昼間、伊知梁頑乎との一件があり、調子はさすがにちょっと考えた。もちろん自分の身の保全と出世を中心に据《す》えての思考だったが。「最初にマリン・シティの傾きを発見して市長に報告すれば、わたしは昇進できるわ。でも、それが出たらめだったらどうなるのよ」

「最初にマリン・シティの傾斜を発見したのは論理谷先生だよ」

「いいえ」調子がまた文具郎を睨む。「傾斜があきらかになってから、デマとしてではなく、最初に市長に正式に報告するこのわたしが第一発見者です。わかったわね」

妻の論理についていけず、文具郎は話題を変えた。「今朝見たらまたちょっと傾斜角が大きくなってるんだよね北二号棟。あのう、おれ、会社で水平器たくさん作らせて、このマリン・シティ内の文具店へ卸そうかと思うんだけどね。皆が傾斜を気にしはじめたら儲《もう》かるよきっと」

調子は苦笑した。「あんたの思いつくことって、せいぜいそんなところね。この前もほら、なんだっけ、変なこと思いついたじゃないの。あれで皆からさんざん笑われたんでしょ」

「痛覚計かい。あれ、変な考えじゃないよ。実現が難かしいって所長に言われただけだよ」技術のことになると文具郎は前後を忘れてけんめいになる性格だった。「病院なんかじゃ必要になると思ったんだ。だから痛みの単位ってことを考えた。ほら」彼はぴしゃりと自分の頰《ほお》を平手で張った。「いつも君にやられるこれを一キルタゴの痛さとする。もちろん痛覚は人間ごとに差があるけど、これは平均体温などと同じだ。患部における熱、そして脳内の触覚領域における感覚、脈拍などによって痛みの大きさを計測する。これ、最初は幼稚なものしかできないだろうけど、だんだん精巧になってくると皆、面白がって買うと思うんだよね」

言いつのる文具郎を調子はぼんやりと眺《なが》めている。彼女は彼の言うことをまったく聞いてはいない。あああ。なんでこんな男と夫婦になったんだろ。融通がきかず、野暮で無神経で、ものわかりが悪く、ひとつのことしか考えられぬ不器用さ。でも、こんなのがわたしにはちょうどよかったのかもしれないわね。

同時刻、二百人収容できるマリン・シティ・ホールでは女流ピアニスト比須照子《ひすてりこ》が独奏会を開いていた。彼女がバルトークのピアノ即興曲を弾きはじめて間もなく、グランドピアノが徐徐に客席の方向へと舞台上を移動しはじめ、最初にこれに気づいたのは演奏者にフレネル・レンズのスポット・ライトを当てていた照明室の若い係員だった。ピアノ同様に椅子《いす》も移動しているものだから比須照子はこれに気づかず、フレネル・レンズは光の境めを柔らかくする照明なので係員が気づいた時にはグランドピアノの右脚はすでに舞台の端十センチに迫っていた。いかにしてこれを演奏家に知らせるべきかと照明係が気を揉《も》むうち巨大なピアノは轟音《ごうおん》とともに客席へ落下、半回転して三脚を天井に向け、さらに半回転して三脚やペダルを折り、宙にとばし、ハンマーや鍵《けん》をまき散らし、弦を舞いあがらせた。はずみで比須照子も転落し、なま白い太めの大腿部《だいたいぶ》と黄色のパンティを剥《む》き出しにして舞台下で倒立した。ピアノの天板で叩《たた》きつけられ、あるいは下敷きになったのが最前列の女性三人で、内臓破裂、頭蓋《ずがい》骨折、顔面破砕でそれぞれ即死、切れたピアノ線で頸部《けいぶ》を切断された女性が一人いて、これも即死、周辺の十二人が重軽傷を負った。マリン・シティに塾《じゅく》を持ち弟子も多い比須照子の独奏会のこととてほぼ満席だったホールは阿《あ》鼻叫喚《びきょうかん》、上を下への大騒ぎとなり、ただちにパトカーや救急車が出動、事態の収拾には翌朝までかかった。

最初のうち事故の原因は比須照子のあまりの熱演によるものとして駈《か》けつけた被害者の家族たちから指弾を受けたが、これはそうでないことがすぐに判明した。坂巻一濤《いっとう》のもとへはすでに大学からの調査結果が届いていたから、ホールの近くに住んでいて騒ぎを聞きつけた伊知梁頑乎が、そら見たことかとばかり水平器片手にホールへ駈けつけるまでもなく、南西に向かった舞台が三度傾斜していたことはすぐに証明された。

米田共江がこの事故の報告を受けたのは翌朝七時、坂巻一濤からの電話によってであった。論理谷《ろんりだに》認定《にんてい》から聴取したことをすぐ報告しなかった件、伊知梁頑乎を追い返した件で、ただちに米田共江は坂巻一濤と強弱《こわよろ》調子の馘首を考えたが、さにあらず、これは本来パチンコ玉の恨みと祟《たた》りによる事件なのだと判断し、彼女の怒りはなかば自責の念に、なかばは別れた夫に向かった。

党内での地歩を固めるにつれ米田共江のパチンコ弾圧運動は活潑《かっぱつ》になり、二十年の苦闘の末に彼女が提出したパチンコ店禁止法案はついに議会で可決された。むろん彼女の業績はこれだけだったのではない。もしそれだけなら「パチンコ嫌《ぎら》いのおばはんによって提出されたアホな法案」として無視されていたであろうが、すでにこの時一方で、ほとんど米田共江ひとりの力によってフェミニズム天国たるマリン・シティ構想は実現しかけていたのである。

全国一万百二軒に及ぶパチンコ店が廃業となり、二百九十二万六千四百六十一台に及ぶパチンコ台があるいは圧《お》し潰《つぶ》され、あるいは叩き壊されて廃棄された。この数字は昭和六十八年における警察署と税務署の調査によるものであるから、現実とは多少数字が異るかもしれない。どちらにしろ一台につき四千個用意されているパチンコ玉、前記の数字から算定して百十七億五百八十四万四千個にものぼる厖大《ぼうだい》な数のパチンコ玉をどう処理するかが問題になった。責任上その処理を一任された米田共江は、これをマリン・シティのバラストにすることを思いついた。建設省はパチンコ玉の流動性がバラスト向きでないことを指摘して難色を示したが、すでに取り巻きの多かった党内一の女性実力者たる米田共江の自称ブレーンのひとりが無意識的諂諛《てんゆ》と共に、バラスト・タンクへ碁盤目状に隔壁を作るという案を進言し、これにとびついた彼女はあくまでこれに固執した。

マリン・シティの基礎工事が始まった。といっても海面に浮游《ふゆう》する都市であるから基礎というものはなく、基礎工事に相当するのはバラスト・タンク作りだったわけである。ここで汚職が行われた。強弱調子もひと役加わったその贈収賄《ぞうしゅうわい》の結果、賄賂《わいろ》の金額を捻出《ねんしゅつ》するために建設会社は隔壁の仕様を胡麻化《ごまか》し、仕様明細書及び図面よりも強度を落してややうす目の材料を隔壁に使用したのだった。

マリン・シティの傾斜はバラスト・タンクの異常にあるらしいということが判明し、ピアノ落下事件の翌日の午後、さっそく三名の調査員がマンホールから下水道へ、さらに下水道の中にある修理工事用の出入孔からマリン・シティ最下層のバラスト・タンク内へと降下していった。それぞれ一定量のパチンコ玉を納めた碁盤目状の各ブロックを間仕切る隔壁上を渡り歩いた調査員たちは、やがて破損箇所を発見した。隔壁が壊れて穴があき、その北東側のブロックに納められている筈《はず》のパチンコ玉がすべて南西側のブロックへと流出、平衡に異常を来《きた》しているのだった。マリン・シティ全体の傾き加減から、破損箇所がそこだけとはとても思えなかったが、とりあえず彼らは縄梯子《なわばしご》で隔壁伝いに三メートル下の底面へ降下し、破れ具合の調査にとりかかった。

調査が始まって二十数分後、折悪《おりあ》しくまた地震があった。いったん北東側ブロックへ逆流した大量のパチンコ玉は、調査員一名を流れの中へ巻きこんで南西側に戻り、その勢いで隔壁をさらにひとつ破壊してもう一ブロック南西側へと流れこんだ。危険なので救出に行けず、生き残り二名の調査員は大あわてでただちに地上へとって返し、救援を警察と消防に求めた。

大騒ぎになった。警察と消防のほぼ全員が出動、マリン・シティにいる人員だけでは足らず、坂巻一濤は都にも援助を求めた。救助された調査員は全身打撲で重態、そして救助活動中の揺れ戻しでさらに隔壁の破損が拡がり、二名が重傷三名が軽傷、一名がパチンコ玉を気管支に詰めて窒息死した。

隔壁破損箇所が百以上に及ぶこと、隔壁の材質が設計図よりも脆弱《ぜいじゃく》なものであったことが判明したのはその翌朝で、それは役所からの連絡で大騒ぎを知った強弱調子がその日のうちに汚職事件の取調べが始まるなどとは夢にも思わず、夫の文具郎に、なぜ水平器のことをもう一日早く思いつかなかったのかと責めている最中だった。

すでにマリン・シティの傾斜角度は四度に達していた。読者諸氏におかれては、この辺から分度器片手に読まれた方がよろしいかと思う。四度というのはそろそろ危険性が多くなる傾斜角であって、事実あちこちで重大事故が発生しはじめていた。

マリン・シティの路上はたいてい水平にコンクリートが敷設《ふせつ》されていたのだが、この朝ぶらりと散歩に出た膳部《ぜんぶ》桐作《とうさく》は、いつもの如《ごと》くスケートボードで登校している中学生を見かけた。まだ地上の傾斜を知らない桐作ではあったが、いつものようではないそのあまりのスピードに驚き、思わず少年に叫んだ。

「おいっ。危ないぞ。やめろ」

少年は桐作に顔を向け、泣き声で叫んだ。

「止まらないんだよう」

桐作は眼を閉じた。彼方《かなた》から大型トラックがやってくるのだ。だが、ふたたび眼を見ひらいた桐作の眼にとびこんできたのは、スケートボード上にしゃがみこんだままトラックの下へ吸いこまれていく少年の姿だった。やれやれ、車体の高い車でよかった、そう思い、ほっとした桐作はその一瞬後にのけぞった。車の下から出て彼方へ滑っていくスケートボード上の少年には、首がなかった。車体下部のいずれかの部品によって頸部をすっぱり切断されたのだった。

夕刻から深夜にかけてのパトカーや救急車のサイレンで、マリン・シティのたいていの者は何かが起ったらしいことに気づいていたにかかわらず、市長の米田共江は早朝から開始した緊急会議が終るまで真相を発表せぬよう通達した。そのため各職場では平常通りの営業活動が行われ、そのため事故が多発した。

資本利足《すけもとりそく》が経営するスーパー・マーケットは十時に営業を開始した。大廉売《だいれんばい》のオリコミ広告を見てやってきた買物客が特売場へ行こうとしてエスカレーターに殺到した。傾斜角三十度のエスカレーターは南に向いて下っていたため今や三十四度の傾きとなっていて、そもそも踏段が四度傾いている。先頭をきって上昇した肥満体の中年女性が二階フロアーへ降り立つ際、溝型《みぞがた》クリートで足を滑らせ、仰向《あおむ》けに倒れた。各段に二人ずつ乗っていた主婦たちによる大雪崩《なだれ》が発生した。主婦数十人はいずれも鳥類の叫喚をあげながら何カ所かで団子となり、そのまま上昇を続け、積み重なった上に乗りあげた主婦たちがハンドレールを越えて一階売場へと落下した。ガラスケースの中へ落ちこんだ女性もいた。係員による操作で運転は停止されたが、その衝撃で団子になっていた主婦たちが改めて大転落を開始し、結局は一階フロアーに数十人が大怪我《けが》をして横たわる惨事となった。

緊急会議のさなかに事故の報告が次つぎと舞いこんできた。エスカレーターの大惨事はもとより、病院前のスロープで暴走した車椅子が前の車道を走ってきた乗用車と衝突した件が二件、階段よりの足踏み滑らし転落による人間同士の激突・打《だ》撲《ぼく》・骨折・舌の噛《か》み切りなどが九件、海釣《うみづ》り公園における老人子供を含めた釣りびと計六名の海へのすべり込み転落による溺死《できし》と行方不明、その他、その他、その他。

会議は夕刻まで続いた。途中、米田共江は坂巻一濤の強硬な主張によってしぶしぶエスカレーターの使用禁止を通達したが、他の事故への対策は時期尚早《じきしょうそう》で押し通し、結局は次の如き決定事項でもって会議は終了した。
一、マリン・シティの傾斜は、いずれ自動的に全住民の知るところとなるため、特に報道はせず、抛置《ほうち》しておく。
一、傾斜による事故は、大事故となった件のみに対策を立て、あとはどうにもならぬために抛置しておく。
一、マリン・シティ基底部の破損が修復されるまで、建前としてシティ職員は外部に対し傾斜を認めぬ言動をとる。
一、マリン・シティ職員の、シティ外への転居避難はこれを許可しない。
一、現在汚職の疑いによって警察で取調べ中のシティ職員・強弱調子は、この非常事態に対処し得る職員であるため、署長は彼女の身柄《みがら》をただちに解放すること。
会議終了後、ただひとりの男性としてこれに加わっていた坂巻一濤は怒り狂い、ただちに辞意を表明した。

その日、強弱文具郎はシティ内の文具店、建築工具店をまわって水平器、分度器、三角定規、T形定規などの注文を大量にとり、会社へ戻って倉庫に発注した。それからの一週間で在庫はなくなった。傾斜を知り、家具にすべり止めをつける必要からシティの住民が争って買い求め、各店ですべて売り切れた時には、すでにそのような計測器などまったく必要としないほど傾斜はひどくなっていた。地震や高波がなくとも、南西に片寄ったパチンコ玉だけの重みで隔壁が次つぎと壊れはじめたのだった。危険で、とても修復工事などはできなかった。請負うところがないままにバラスト・タンクの破損の進行はそのまま拋置された。傾斜角は十一度となった。車の横転事故があい次ぎ、都内からシティへやってくる車の数は減少した。しかし市長の米田共江はそうした交通事故になんの対策もとらなかった。彼女の理屈は、この程度の坂道ならどこにでもざらにあるからと言うものであった。

自分の住まいの傾きにもっとも苛立《いらだ》ち、神経衰弱に陥ったのは几帳面《きちょうめん》な御忠新子《ごちゅうしんこ》だった。彼女はシティの職員でこそなかったが婦人団体に所属していて、市長の役所外のブレーンとして米田共江に忠誠を誓っていたため、マリン・シティから脱出することなど考えることもできなかったのだ。気が狂ったように家具をすべて固定し、額の絵まで住まいと同じ傾きになおして固定したあと、彼女のやりはじめたことは地表に対してあくまで垂直に、つまり実際には自分のからだを正確に十一度南西へ、より正確には南南西微西へ傾けて歩きはじめることであった。佇立《ちょりつ》している時も同様だ。これによって御忠新子はマリン・シティが傾斜してもいず、自分もまた地表に垂直に立っているのであることを証明でき、米田共江への忠誠も表明できるのだった。しかも彼女はさらにその上、都心部にある彼女の会社へ出勤している時さえも南西に身を十一度傾けていたのだ。だから彼女はそれによって、傾いているのはマリン・シティ以外の世界であると主張することもできるのだった。

やがてマリン・シティから都内へ出勤している男女が御忠新子を真似《まね》て、わが身を傾けることで精神的平衡をとりはじめた。このため都内では、からだを十一度南西に傾けて歩いている者を数多く見かけることになり、マリン・シティの者だなとわかる上に、彼らが傾いている方向によって方角までわかるのだった。

さらに一度傾いて傾斜が十二度となった次の日曜日、論理谷認定は朝から引越しの用意にとりかかった。もともと自宅に本はあまり置いていないので、家具は大型トラック一台に積載可能だった。引越屋二人と、手伝いにきたゼミの学生二人に家具を運ばせてほぼ全部積み終えたころ、起きてきた近所の主婦たちがこれに眼をとめ、周囲に集まってきた。彼女たちはたいていが米田共江のシンパであり、以前からシティを脱出しようとはかる者の邪魔ばかりしてきたのだったが、相手が論理谷認定とあっては説得に応じるわけがなく、あべこべに言い負かされてしまい、むしろ出て行ってほしいくらいの住民であったから、最初の間彼女たちはトラックを遠巻きにして声高にいや味を言うにとどめていた。

「逃げるのよね」

「意気地がないわよね。男のくせに」

「ふん。何さこれくらいの傾きで怖がっちまって」

論理谷認定としてはここで何かひとことあらねば論理谷認定ではない。彼は大声で彼女たちに言った。「奥さんがたや。あんたたちも早《はよ》う引越しなさったがよろしい。もうすぐ建物が倒れますぞ。どうせそっちの方も賄賂の見返りでろくな建てかたはしとらんじゃろからな」

主婦たちの間からつかつかとひとりの女が進み出て、論理谷老人の前に立つなり、ぱあん、と彼の顔を張りとばした。

御忠新子だった。朝がたの澄みきった空気の中でその音は高く鳴り響いた。

「先生に何するんだ」血気盛んな学生のひとりがたちまち駈けつけ、御忠新子をなぐり倒した。

大騒ぎになった。場所が団地の中心部であり、アパートのヴェランダから見おろせば何が起っているかはひと眼でわかる。あちこちから主婦たちがわらわらと蝟集《いしゅう》してきた。

「早う乗れ。早う乗れ」トラックの荷台にのぼった論理谷認定は、積み残しの荷物を主婦たちと奪いあっている学生たちに叫んだ。「そんなものはいらん。早う乗れ。ここの警察につかまったら、わしらは全員死刑になるぞ」

「どひゃ」

「早く出せ」

死刑のことばに顫《ふる》えあがった引越屋たちが大あわてでトラックを発車させた。学生二人は主婦たちの手から逃がれて危く荷台にとび乗った。さすがに女だけのことはあって、主婦たちもトラックに追いすがってまで阻止しようとはしない。かくて論理谷認定はマリン・シティから脱出した。

翌朝、女流歌人の又仏可酔《またふつかよい》はまた宿酔《ふつかよ》いで六時に眼がさめ、水道の蛇口《じゃぐち》から水を口飲みしようとした。げっ、と叫んで彼女は水を吐き出した。海水だった。

本土からマリン・シティへの水道管が破損したのだった。浮き島マリン・シティの揺れを考慮して充分なたるみを持たせてあったのだが、ついに海底でちぎれてしまったのである。水道管によるマリン・シティへの給水は停止された。ガス管も危ないというので、これも供給が停止された。その日、市長米田共江は水道局に、給水車によるマリン・シティへの給水を依頼した。スーパー・マーケットではミネラル・ウォーターが、米屋ではプロパン・ガスが殺人的な奪いあいとなり、主婦数十人が大怪我をした。

坂巻一濤《いっとう》の後任で警察署長に任命された強弱調子《こわよろちょうこ》は、夫の文具郎に対して突然やさしい態度をとりはじめた。営業係長に出世した文具郎を見なおしたからでもあったが、米田共江に大きな借りができてしまい、否応《いやおう》なしにより一層の忠誠を誓わねばならなくなった今、文具郎が引越そうと言い出しては困るからでもあった。ところがその日交通局から、翌日より都内とマリン・シティとの間のバスの運行を停止するという通達があった。強弱調子は文具郎が前から欲しがっていた車を買ってやらねばならなくなってしまった。

断水とバスの運行停止を機会に、本土へ逃がれようとする者がふえ、これを阻止しようとする者との間で小競《こぜ》りあいが数十件起った。作家の膳部桐作はとても家財道具など運べぬと見きわめをつけ、着のみ着のままで都内行き最終バスに乗って逃げた。スーパー・マーケットの経営者資本利足は若い妻と共に、美術品など値うちものの家財だけを積みこんだ乗用車でこっそり逃げようとしているところを近所の主婦たちに発見され、たちまち車を壊され美術品も破壊され、二人とも服を破られた裸に近い恰好《かっこう》で命からがらマリン大橋を徒歩で駈《か》け去った。

マリン・シティから都内の中学・高校・大学へ通学している学生たちは、ある者は親と共に、ある者はシティに残る親と別れ、ある者は母親とさんざ言い争った末、次つぎとマリン大橋を渡って去っていった。さすがに主婦たちもこの連中を阻止することはなかった。他にも子連れの退去は大目に見た。幼児たちが傾いたアパートの階段やヴェランダから転落死したり、道路で転倒して大怪我をするなどの事故が続出していたからである。ただし通勤の便を理由にした男たちの退去は許さず、乗用車によるマリン・シティからの出勤を強制した。強弱文具郎は自分の乗用車に近所の亭主五人を同乗させて出勤する毎日となった。出勤した夫がそのまま帰ってこなくなることも多く、その場合とり残された妻は近所の主婦たちから吊《つ》るしあげをくった。

政府はマリン・シティの全住民に退去命令を出した。米田共江は怒り狂って不服従を宣言した。地方自治への横暴なる介入であり、フェミニズムへの重大な挑戦である。命令には従わない。**マリン・シティは傾いていない。**

傾斜は日を追って加速度がつき、水曜日には十八度、木曜日には二十度となった。もはや電気も来なくなり電話も無線以外は不通となった。木曜日の夜にはマリン大橋が大音響とともに崩壊し、海へ落ちた。ついに都内との交通は途絶した。

論理谷認定の、いずれ建物が倒れはじめるという予言は当たらなかった。倒壊したのは煉瓦《れんが》造りのマリン・シティ・ホールのみであり、たいていの鉄筋コンクリート建築は杭打《くいう》ちにかわる基礎工事として垂直の鋼材がすべて鋼鉄のシティ基底部に熔接《ようせつ》されていたのだ。建物は歪《ゆが》み、もちろんエレベーターは動かず、各戸のドアは閉めておくと開かず、開けておくと閉まらぬ状態となったため、室内に閉じこめられることを恐れて全住居のドアは開放されたままとなった。それでもすべての建物はなんとか建っていた。しかしそれ故《ゆえ》にかえって、建物の重心の移動でマリン・シティの傾きが早まることにもなった。金曜日にはその角度が二十三度となっていた。この二十三度という角度とは、もはや人間が平坦《へいたん》な舗装された道路をばまともに歩ける状態ではない。道を行く、というよりは滑ったりころんだりしながらいざって歩くわけであり、しかも油断していると頭上からいろいろなものが落ちてくる。ヴェランダに出ていた子供の玩具《がんぐ》や靴、家庭用荒物雑貨であればまだしも、時には犬や人間が落ちてきたり、鉄製の手摺《てす》りを破壊してピアノが落ちてきたりもするとなればただではすまない。ちょっと買物に出かけた主婦が、戻ってきた時は怪我だらけで衣服はぼろぼろという状態が日常となった。

マリン・シティ南西端の海岸沿いに建っていた児童館、毒島内科医院、犬の美容院その他いくつかの建物は水没した。附近の南北に走っている道路は傾斜したままで海面下へと没していて、時おり車や人間がこの道を滑降してきてそのままの勾配《こうばい》を維持しつつ海中へ消えていった。そこでこの附近には常時数隻《すうせき》の警備艇が巡回するようになった。彼らには、滑り落ちてきた者を助ける以外に、さすがに我慢できずマリン・シティから夜間ひそかに脱出しようとする住民たちを本土へ輸送する任務もあたえられた。日中はマリン・シティ上空をヘリコプターが飛びまわり、住民に退去を呼びかけ、脱出用の警備艇が待機している場所を教えた。

「ちえ。どうせ壊れるものなら、出社中に壊れてくれたらよかったんだよな。そしたら帰ってこなくてすんだのに」

土曜日の朝、すでに二十六度に傾いた部屋の窓からマリン大橋が崩壊したあとの海峡を眺《なが》めてぶつくさ言っている強弱文具郎を、調子がベッドにひきずりこんだ。

「何ぶつぶつ言ってるのよう。いらっしゃいったら」

「ここんとこ、毎朝じゃないか」

「いいじゃないの。どうせあなた、他にすることないでしょうに」

アパートの十一階にある強弱夫婦の住まいは回廊の突きあたり、建物の北東端にあった。夫婦が夢中で営みを続けるうち、ベッドの脚を固定してあった釘《くぎ》が抜け、ベッドは猛烈な勢いで寝室から走り出てリビングルームを通り抜け、開放されたままだったドアから外へ出て回廊を走り、この廊下を歩いていた主婦ひとりを手摺りの彼方《かなた》の空中へはねとばし、南西の端で自らも鉄製の手摺りに激突した。ベッドは停止したが文具郎と調子は交わった姿のまま裸で宙をとんだ。

墜死した強弱調子の後任として、会社へ行かなくてもよくなった御忠新子が警察署長に任命された。彼女はまるで水を得た魚のように活躍した。すでに残っている警察署員は婦人の事務官二名だけだったから、彼女は自身制服に身をかため、正確にからだを二十六度南南西に倒し、まるで重力など無関係であるかの如《ごと》く事件や事故を追ってマリン・シティ内を走りまわり、退去しようとしている者を見かけると拳銃《けんじゅう》を抜いてぽんぽんぶっぱなしたりもした。彼女の活躍は夜間にまで及び、深夜警備艇と派手な銃撃戦を演じて密出国者の輸送を阻止したりもしたため、まだマリン・シティに残っていた者には脱出の途《みち》が絶えてしまった。

女流歌人又仏可酔の酒量があがり、なにしろ傾いた世界に住んでいるため酔いのまわりも早く、常に酔っぱらっている状態となった。ある日彼女は酒を求めてアパートの自宅を出、南西に向かっている階段を降りようとした。階段の勾配は四十二度であったが実際は七十度を越えていた。たちまち彼女は転落し、いったん叩《たた》きつけられた道路上で二回バウンドしてからそのまま滑走しはじめた。和服を着ていた彼女はあられもない姿のままでえんえんと滑走し続け、水没した道路上をさらに六メートルばかり海面下へと沈んでからゆるやかに浮上した。傾いたマリン・シティを見物しようという無責任な客五十六名を乗せた観光船が、やや沖あいから浮袋を投げて彼女を救助したが、彼女は甲板に横たえられるなり周囲の者に酒を要求し、その心臓の丈夫さは皆を驚かせた。

傾斜はあっという間に四十度となった。この四十度の傾斜というのは階段の踏付と見付の区別がそろそろなくなる角度であって、路上で滑った人間が路面を滑走する場合にしても、滑るというよりはむしろ落ちるというに近い状態となる。この状態においてまだマリン・シティに残っていた人間は市長の米田共江、警察署長の御忠新子、それに主婦十三名を加えた十五名の女性であり、男性は大工の棟梁《とうりよう》伊知梁《いじはり》頑乎《がんこ》ただひとりであった。彼は酔狂にもマリン・シティの最後を見届けてやるのだと言って妻子のみ本土へ退去させ、自分はシティが傾き水没していく様子を面白がって体験し眺めていたのだった。彼は自宅から、もはや商品の持ち出し自由となったスーパー・マーケットまでの路上に伝い歩きをする為《ため》のロープを張って往復を可能にし、その他の路上のあちこちに滑走を防ぐための手がかりや足がかりを作った。主婦たちに頼まれて作ってやることもあった。何度かは足を滑らせて、時には数十メートルも滑走したことがある。だが彼はいつもロープをからだに結びつけていたし、たとえ海にまで達したとしても泳ぎには自信があった。

主婦の中には勇敢な女性もいて、伊知梁頑乎の手をわずらわせることなく自分の才覚で移動できるよう工夫し、ロープにすがって建物から建物へとび移る者さえいた。しかし肥満した米田共江にはそのようなことができる筈《はず》はなく、彼女はついに決意して御忠新子に命じ、自分をマリン・シティ最北端のアパートまでつれて行かせた。傾斜が四十五度に達した時には、完全転覆まではまたたく間であろうことは眼に見えていた。御忠新子は市長命令により、米田共江のからだをアパート屋上の給水塔にくくりつけた。

実のところ政府は、それほどまでにマリン・シティが傾くとは思っていず、いささか楽観視していたところがあった。マリン・シティの水没した南南西の基底部が、最深部でも六十メートルしかない筈の湾の底に到《いた》れば、当然傾きは停止すると考えていたのだった。しかし傾斜が四十五度に近づいたとなれば、これは完全転覆の可能性も出てくる。なぜそんなに湾の底が深くなったのか誰にもわからなかった。作者にもわからなかった。基底部が湾の底の泥層《でいそう》にめり込んで泥土をえぐっているのであろうと推測されたりもしたが、そんな層が何キロもの深みにまで続いているわけはなく、結局わけがわからぬと結論され、完全転覆に到るまでの早急な対策へと議論は移った。

今日、いよいよマリン・シティが完全に転覆するというその日、自衛隊の二十六人輸送用国産ヘリコプターV－107／Aに乗ったレスキュー隊が最後の救出にやってきた。住民説得のため自ら志願した坂巻一濤も乗っていた。団地中央に降下したヘリは幾分か地表と同じ方向に傾斜を保ちながら二メートルの上空でホバリングしつつ救出活動を開始した。これ以上居残っていてもあとは死ぬだけということがわかっているから、主婦十三名は説得に応じて次つぎに姿をあらわし、伊知梁頑乎もやってきた。

正午に近かった。傾斜は四十五度を越してたちまち九十度に近づきはじめ、建物という建物がぎしぎしと軋《きし》んで不気味な音響を立てはじめた。ヘリの上へ北東側の建物からばらばらばらといろんな物体が落ちてきた。

犬二匹と猫五匹を混え、主婦十三人と伊知梁頑乎を無事収容し終えたV－107／Aが上昇を開始しようとした時、北東のアパートからからだを正確に七十二度八分南南西微西に傾けた御忠新子が、ヘリの回転翼めがけて拳銃をぱんぱん発射しながら駈け出てきた。これはもはや人間に非《あら》ず、魔物なりと判断し、坂巻一濤は彼女を射殺した。

上昇したヘリは次に北東端のアパート屋上に向かった。給水塔の鉄骨にわが身を鎖で縛りつけた米田共江を説得しようというのであったが、坂巻一濤の呼びかけに彼女はわめき返した。

「近寄ってくると撃つからね」彼女は御忠新子から渡されたものらしい拳銃を手にしていた。「余計な手出しはしないでおくれ」

「市長。このままではあなたは死ぬことになります」坂巻一濤はけんめいに説得した。「いったん退去してください。マリン・シティはまた再建できます」

「できるもんか」今や海面から垂直に突き立って横倒しとなったマリン・シティの頂き近く、仰向《あおむ》いた姿の米田共江が叫び返した。「そら見たことかとあんたたち男どもが笑って、二度と再建なんかできないにきまってるよ」

「傾斜が九十度になりました。市長。あと数秒であなたは頭から海中へまっ逆さまになって沈没することになる。苦しいですよ」

「るさい」彼女はヘリコプターに拳銃を発射した。

どどどどどどどどどどどどどどどどど。

世界一の倒壊が始まった。轟音《ごうおん》と共にマリン・シティの北半分が海面へと落下した。

「このままじゃ死なないからね」海面へと頭から急降下しつつ米田共江はわめき散らした。「いったんこっち側へ沈んでも、すぐまた、マリン・シティと一緒にあっち側から浮かびあがってきてやるんだからね」

「水ぐるまではない」米田共江を追って急降下するヘリから、坂巻一濤が叫んだ。「今からでもロープで助けられる。拳銃を捨てなさい。命を粗末にするな」

「誰が死ぬといった。馬鹿《ばか》めが。あたしゃ絶対に死なないからね。あたしゃ必ずもう一度げぼがぼ。ぶくぶくぶくぶく」

米田共江がさかさまになって海面下に消えた。そしてマリン・シティは高さ数十メートルに及ぶ巨大な水煙をあげて完全に転覆した。

湾上には今もなお、赤錆色《あかさびいろ》の基底部を上にしたチョコレート・ケーキの如きマリン・シティの姿がある。マリン・シティの傾斜が百八十度以上に進行して三百六十度回転し、再浮上するというようなこともなく、米田共江は二度とその姿をあらわさなかった。

（「小説新潮」平成元年新春号）

のたくり大臣

現職の通産大臣とその秘書官が、突然一般の民家へ「面倒をみてほしい」といいながらのたくりこんできた場合、これにはどう対処すべきなのであろうか。ただしこの小説は、彼らへの対処のしかたを書いたものではなく、彼らへの対処に苦慮したひとの話でもない。

「この会館に、こんな立派な和室があるとはな」のたくりこんできた通産大臣が、十二畳の宿泊室を眺めまわして言った。「床の間も軸物も置物も、立派なものだ」

「あまり誰も知りません」とろんとした眼の秘書官がうなずいた。「大臣クラス以外は泊めないのかもしれませんな」

「今、打ちあわせしてきた事務次官たちは、あいつらはあのまま家へ帰って寝るんだろ」大臣は畳の上にひっくり返った。「羨《うらや》ましい話だ。こっちはこれでもう二日、ろくに寝ていない上、まだ眠れない」

「しかしまあ、それなりの成果はあったわけですから」へたへたへた、と秘書官は座敷の隅へ腰を抜かすようにへたりこんだ。「あのう、大臣。お召しかえはなさいませんので」

「いやいや。今着換えたりしたら、そのまま寝てしまう。このまま起きていよう」

「では、お茶を淹《い》れましょう。なにしろ早朝のこととて、会館の職員が誰もおりません」秘書官はのたくりながら中央の座机の方へ這《は》い、茶を淹れはじめた。「外人どもとの折衝が無事に終ってよろしうございました。徹夜でお勉強なさった甲斐《かい》がありました」

「そうかなあ。あいつらの言いなりだったような気がしてならんが」

「あっちの条件は全部呑《の》まされましたが、こちらの主張も半分は通ったわけですから。お茶をお淹れしました大臣」

「じゃ、会談はまずまず成功だったわけかね」大臣はのたくりながら座机へと這った。

「それはもう。ああ大臣。おやすみにならないのでしたら、ここに覚醒剤《かくせいざい》がございますが。なに、麻薬とかそういった危険なものではなく『ノンドルミラン』という売薬の錠剤です」

「ひとつくれ」大臣は手をのばした。「なにしろ各大臣への報告と打ちあわせを今日一日でやらにゃならん。いちばん最初に会うのは誰だったかな」

「大蔵大臣です。九時からです」秘書官は腕時計を見た。「つまり、あと二時間足らずです」

「絶対に、寝るわけにはいかんな」大臣は錠剤を呑み、茶を飲んだ。「寝たら起きられなくなってしまう。寝ない方が楽だ」

「そうです。寝るとしても実際には一時間かそこいらしかおやすみになれんのですから」

大臣は床の間へのたくって行き、足を投げ出して床柱に凭《もた》れた。秘書官も大臣から少し離れ、壁を背にして足を投げ出した。ふたりとも、そのままの恰好《かっこう》でしばらくじっとしていた。自分の眠気を見つめていた。

「おい。秘書官」大臣は眼をしょぼつかせた。「そこの隅に、布団《ふとん》をたたんで、つんであるな」

「そのようでひゅな」秘書官がまわらぬ舌で答えた。「会館の職員が出ひておいてくれたものでありまひょう」

「なあ。秘書官」大臣はぼんやりした声で言った。「このようなことが、以前にもあったような気がするが」

「そうでひた。思い出ひまひた。たひかに、ごらいまひた」と、秘書官は答えた。

「あの時も徹夜続きで、この部屋で明けがたご休息になりまひた」

「ああ。たしかにこの部屋だった。あれはいつだったかな」

「いつれごらいまひたかなあ」

「たしかに、お前と一緒だったな」

「わたくひもご一緒れごらいまひた」

「眠くてたまらなかった。お前はあの時、覚醒剤と間違えて、こともあろうに、催眠剤をわしに呑ませただろう」

秘書官は突然何ごとかに気づき、しばらく黙ってから、やがて何もかも面倒になったという調子で答えた。「たひかに、そうれごらいまひた」

「あれは、ややこしい名の薬だった。あの薬は、なんという薬だったかな」

秘書官は投げやりに答えた。「たひか『ノンドルミラン』という薬れごらいまひた」

ふたりは黙りこんだまま、ながい間じっとしていた。

大臣がおもむろに言った。「つまり、何もかもあの時とまったく同じ状況というわけだ」

「左様れごらいまひゅ」

「あれから、おれたちはどうしたのだったかな」

「ええと。たひか、非常に眠くなって」

「非常に眠くなって、催眠状態のままで、何かしたのではなかったかな」

「何をいたひまひたかなあ」

「あそこの、あの布団に、何か関係があったと思うが」

「ええと、あの布団の上で」

大臣は秘書官から顔をそむけた。「あの布団の上で、お前とわしが何かした、というようなことではなかった筈《はず》だが」

「そのようなことではなかったと思いまひゅ」秘書官はできるだけ大臣から遠ざか

ろうとしてけんめいにもがきながら答えた。「そのようなことがあった筈はございまへんので」

「逃げずともよい逃げずともよい。思い出したぞ」大臣が秘書官を手招きし、布団を指した。「こうやってふたりでぼんやりと布団を眺めておるうちに、突然お前が、今ならば超能力で、つまりその、念力で、あの布団を動かすことができるような気がすると言い出したのだ」

「そうでひた。そうでひた。すると大臣が、わひにもできるとおっひゃりまひた」

「そうだ。そしたら布団が動いたのだ」

「驚くべきことでございまひた」

「驚くべきことだった。どうだ。もう一度やってみようか」

「やりまひょう」

ふたりは半醒半睡のとろんとした眼を部屋の反対側の隅の布団に向け、意志の力を集中した。いちばん上に積んであった掛布団が波の如《ごと》くゆるやかにのたくりはじめ、やがて宙に浮かぶと、ゆっくりと傍《かたわ》らの畳の上に着地した。

「あっ。まことに驚くべきことだ。ふだんからこのような能力があると便利だな。

お前にはふだんからこのような能力があるか」

「ごらいまへん」

「では、以前このような不思議な体験をしたのち、なぜおれたちは自分たちのこうした能力について一度も話しあわなかったのかね」

「夢の中でのことと思いこんでしもたに違いごらいまへん。あるいはまたこの、すぐに忘れてひもた」

「いや。わしは忘れなかったぞ。時おり思い出したような気がする」

「そういえば、わたひも。しかひこの、非常なる忙がひさの日常についとりまぎれてしまいまひて」

「それとまあ、話すのがなんとなく照れくさかったということがある。ほら。一度、車に乗っておる時に、話そうとしかけたことがあっただろ」

「ごらいまひた。しかひあの時は、お互いに顔をそむけまひたな」

「やはり、照れくさかったのだな。なぜ照れくさかったのだ」

「わかりまへん」

「子供っぽいこと、とでも思ったのかな。凄《すご》い体験なのにな。しかし、面白いな。

もっとやってみようか」

「やってみまひょう」

ふたりはさまざまに布団を動かし、のたくらせた。やがて、矢も楯《たて》もたまらぬふたりの睡眠願望のせいであろうか、いつの間にか大臣と秘書官は宙をのたくる布団の上に寝そべったままで、布団とともにのたくっていた。

「おい。秘書官。秘書官」

「ふわい」

「眠ってはいかん眠ってはいかん」

「ふわい。ここは、ろこれふか」

「さあ。どこだろうな」

積み重ねられた数枚の布団の上でふたりは周囲を見まわした。そこは人家の密集した、下町と思えるあたりの、狭い道路だった。布団はその路上、地面から一メートルほど上の宙を漂っていた。住宅ばかりであり、早朝なので人はいず、雨戸はすべて閉ざされていて、道路には靄《もや》が立ちこめている。

「おれたちは変なところにいるぞ。お前はここがどこか、知っているか」

「ひりまへん」

「赤坂周辺ではなさそうだ。どこか、起きている家を見つけて訊《たず》ねてみよう」

雲に乗った仙人のように、布団に乗ったふたりはしばらく地上すれすれを漂い、あたりをさまよった。道は折れ曲っていた。布団は道なりにゆっくりと路上を進んだ。

はじめての四つ辻《つじ》に出ると、手前のかどが煙草屋《たばこや》であり、雨戸が開いていた。しかし、まだ開店はしていないようであった。他に商店はない。

「煙草屋があるぞ」

「ほのようれひゅな」

「いつまでもこんなところにはいられない。赤坂へ戻らねば。車を呼ぶにしろなんにしろ、電話を借りなくてはな」

「あほこれ借りまひょう」

「どうしよう。この布団からおりて、あの家へ入っていこうか」

朝の冷気が睡眠不足の身に尚《なお》さら寒さを感じさせるため、ふたりは掛布団にしっかりと抱きついたままだ。

「はむい」と、秘書官がいった。「ほのふろんにらきついらまれのたふりほんれいきまひょう」

　ふたりはそれぞれ部厚い敷布団で背中をくるみ、掛布団に抱きついたまま、半睡でうとうとと宙に寝そべった恰好で煙草屋の窓口の横の出入口から家の中へとのたくりこんでいった。煙草屋は三畳ほどの店の間の奥が座敷になっているらしく、そこから主婦と思える初老の女が、外出の支度をして出てきた。

「早朝からお邪魔をします」と、大臣がいった。「わたくしは現職の通産大臣、木村友継と申します。また、これは秘書官の早坂と申す者です」

「とつれんのたふりほんれきれひつれいいたひまふ」と、秘書官もいった。「われわれのめんろうをみれいらきたい。ほれから、れんわをおかりひたい」

「まあ。このひとたちは」主婦がうんざりした顔でかぶりを振った。「だしぬけに布団にくるまって朝早くからひとの家へのたくりこんできて、大臣だの、面倒を見ろだの、電話を貸せだの」

「あ。もうよいもうよい。わしが喋《しゃべ》る」大臣は秘書官を制し、主婦に向きなおった。

「あのう、見れば外出のご様子ですが」

「夜明けに、亭主が死にました」と、煙草屋の主婦がいった。「あのひとは今、奥で寝ています。もう、疲れ果てて、死んで寝てるんですけどね。もう、ぐっすりと、死んでます。それでわたしは、親戚《しんせき》だの、お寺さんだのへ電話をかけに、大通りの公衆電話まで」

「えっ。電話がない」大臣は信じられぬという口調で大声を出した。「あの、お宅には電話がないので」

「一般のかれいには、れんわのない家もあるのれひゅ」と、秘書官が横からいった。馬鹿《ばか》にされたと感じて不機嫌《ふきげん》になり、主婦は秘書官を睨《にら》みつけた。「そりゃまあ、煙草屋ですから、そこに赤電話がありますけどね。あいにく故障中なんですよ」

「電話のない家」大臣はまだ信じられぬ顔つきである。

「ま、よろひい。よろひい」秘書官がけんめいにとりなした。「行れきれくらはい。わだひらひはほのあいら、留守番をひて、ほろけはんのお守をひれおりまひゅ」

「仏さん」主婦はそう訊ね返し、それが主人のことであることに気づいた。「あのひと、仏さんになったのね」ひとしきり泣いたのち、彼女は気丈に顔をあげた。

「じゃ、お願いしますよ。タクシーを拾ってきてあげますから、それまで奥の部屋で待っていてください」

主婦は朝靄を尖《とが》った鼻さきで掻《か》きまわすように出ていった。大臣と秘書官はあいかわらず布団に抱きついたままで、というよりは、布団に抱きついているがためにようやく場所の移動などができるわけだが、畳の数十センチ上を滑空して奥の間へのたくりこんだ。奥の間は六畳の座敷で、奥の壁ぎわに布団が敷かれ、顔も覆《おお》われぬまま、律義《りちぎ》そうな顔つきをした初老の男の屍体《したい》が寝かされていた。反対側の壁に凭れ、大臣と秘書官は屍体に向かってながい間ぼんやりとしていた。

退屈さのあまり、眠気ざましに、またしても念力で屍体の手足などを動かしているうち、大臣が言い出した。

「なあ秘書官。このひとに喋らせてみようか」

「らいりん」秘書官は顔色を変えた。「ひにんをひゃべらへてはいけまへん。何か悪いころが起りまひゅ。ひにんをひゃべらへてはいけまへん」

「なぜかね。ひにんは、いや、死人というのは認識者だ。ひにんに、いや、死人になってしまえばもう怖いものは何もない。もう誰にも気兼ねせず、なんでも言いたいことが言える存在だ。たとえ煙草屋の親爺《おやじ》といえど、わしにいくつかの真実を教えてくれる筈だよ。処世の知恵に濁らされていない真実をね。今、わしが何か質問すれば、この仏さんは答えてくれるのではないかと思うんだ。そんな気がするんだよ。いや。きっと答えてくれるだろう」

「わだひは、ひりまへん」秘書官は顫《ふる》えはじめ、激しくかぶりを振った。「ほろけともんろうひて、ぶりにふむろは思えまへん。へたすると、ひにまふ。わだひはひりまへんよ。ひりまへん」

「仏と問答すれば、なぜ無事に済まないのかね」大臣はそういって仏に向きなおり、話しかけた。「こんにちは」

「わっ」と叫んで秘書官は自分の布団《ふとん》にもぐりこみ、頭をかかえた。

大臣は下層階級の国民に対していつもそうするように、嚙《か》んで含めるような口調で屍体に喋りはじめた。「あれはね、たしかにわたしとしては不本意だった。協定とはいうもののそもそも条約ではないのだ。なのに、その協定に違反したことを認めなければならなかった。そうしなければ話が先へ進まなかったからだ。戦後三十数年。歴史が乾燥してきた。こういうことは戦前、多かった筈だ。しかし今、わしのしたことが正しくなかったといえる人はいないのではないかと思うがどうかね。

これを経済的繁栄から濡《ぬ》れた雑巾《ぞうきん》のようにとり残されて死んだあなたのようなひとに聞きたかったのだよ」

湿り気のまったくない声で、屍体が答えた。「下駄《げた》の歯はふたつ。しかし鼻緒の穴は三つ」

「やっぱりそうか」大臣はうなだれた。「菊と刀は、キクとイサムが持っていたのだ。では、すべてわたしが悪かったのかね。民主主義の鴨《かも》だったのかね」

「らいりん。おやめくらはい。おやめくらはい」布団から出した尻《しり》を顫わせて秘書官は泣き叫んでいる。

「そうか。そう言えば岡潔《おかきよし》さんに、数学にさえ情が必要ということばがあった」大臣は力なくかぶりを振る。「しかし大臣としては、世界のことを考えてはいけないんだからしかたがない」

「なんであんなことを優先させやがった。とかげの尻尾《しっぽ》みたいに切り捨てられる連中の身にもなってみろ。小さな枝を残しとかなきゃあ、木は早いうちに枯れちまうぜ」

「また戦争になるじゃないですか」大臣はおろおろ声になった。「たとえ国内のことに限っても、大きな枝がなきゃあ、わたしは木に登れなかったのですよ。政治家に世界樹は存在しないのですよ」いつか師にすがる弟子のような口調になっている。「自分の糞《くそ》を喰《く》えばよかった」けけけ、と屍体が笑う。「どうせ敗戦後は、通夜《つや》じゃあ。通夜じゃあ」

「どのような議論も、舟に乗っているうちは、ごたくに過ぎなかったわけですなあ」大臣は慨嘆した。

「では、狐《きつね》を見せてやろう」屍体が両手を胸の前に垂らし、布団の上でぴょんと踊りあがった。

午前九時。大蔵大臣が、あとからついてくる秘書官に喋り続けながら大蔵大臣室へ入ってきた。「つまり現在はだね、自分の利益を中心にして考えることが個人の尊厳の尊重なんだよ。自分の利益に反することは個人主義を否定するものとして糾《きゅう》弾《だん》すべきだってことになっておる。公益なんてことばは葬儀社にしか使われないが、当然だ。これはしかたのないことでね。ところで通産大臣はまだ来んのか」

「時間に厳しいかたですから、もうお見えになると思います」と、秘書官は言った。

「あのう、大臣。何をご覧になっておられますので」

「あれを見なさい」大蔵大臣が窓の外を指した。「赤坂見附《みつけ》あたりの上空と思うが、あの、飛んでおるものが見えるか」

「見えます」

「あのう、わしはああいうものにあまり詳しくないのだが、どうなんだろうね。あれはつまり航空機としては非常に危険なものではないのかね」

「まったくその通りです。誰か、乗っておりますな」

「ふたり乗っておる。空港の方へ行くから、管制官に電話しておいた方がよくはないかね」

「そうですな。早速電話を。あれっ。旋回しました。こちらへ来るようです」

「あれは雲かな。違う。違う。布団だ」

「驚きましたな。あれに乗っているのは通産大臣ですよ」

「手を振っておる。あれは木村君だ」

「もうひとりは秘書官の早坂です。来ました。窓をあけましょう」

通産大臣と秘書官を乗せた布団は大蔵大臣室の窓からほんの一メートルほど離れた宙で停止した。ふたりは大蔵大臣に笑いかけた。どちらも眼だけはとろんとしている。

「木村君」と、大蔵大臣が言った。「大臣ともあろうものがそんな危険なことをしてはいかんね。会談はうまくいったのかい」

「やあ。大蔵大臣。あの会談は政治の天才でもなければどうしようもなかっただろうよ」通産大臣が笑いながら言った。「しかし、天才に必要な狂気と無責任さは政界のどこに求め得べくもなかったのさ」

「わたしは君を天才と信じとるよ」大蔵大臣も笑い返した。「君の今しておることを見て、尚さらそう信じるようになった」

「そうおっしゃるなら、わたしは肩の荷をおろすことができる」通産大臣は秘書官と顔を見あわせた。

彼らは声をあわせて大蔵大臣に言った。「では、狐を見せてあげましょう」

ふたりは両手を胸の前に垂らし、布団の上でぴょんと踊りあがった。


（「小説新潮」昭和六十三年一月号）

五郎八航空

旅の途中で台風がやってきたため、列車や船の出発が遅れたり、しかたなく予定外の宿泊をしたりして、やっと目的地の乳島を眼の前にしたのは東京を出てから三日めの朝、すなわち三日間の出張予定の最終日の朝であった。

「なるほど。名前の通りおっぱいの形をしているな」

島でただひとつの山、というよりはひとつの山が島になっているといった方がいいその乳島を指し、伝馬船《てんません》の揺れに応じてからだを前後左右に揺すりながらカメラマンの旗山がいった。

おれは櫓《ろ》をあやつっている初老の漁夫に訊《たず》ねた。「何か伝説があるんだろうね」

「そりゃまあ、ああいう恰好《かっこう》をしてるんだから、たいていの島と同じようにどうせ言い伝えのひとつやふたつはある」漁夫は仏頂面《ぶっちょうづら》でそう答えた。「だけどおれたちは、あまりそのことを喋《しゃべ》らないようにしているよ。そんな伝説が評判になって観光客にでも押しかけられた日にゃあ、この辺が滅茶苦茶《めちゃくちゃ》になってしまう」

ルポルタージュにする材料がひとつ減ったので、おれはちょっとがっかりした。

「それはまた、結構な方針ですな」旗山は皮肉まじりにそういった。

初老の漁夫は露骨に顔をしかめ、ぐすんと鼻を鳴らした。もうすぐ次の台風がくるというので尻込《しりご》みするのを、金とお愛想でやっと出してもらったこの伝馬船の主は、いかにも頑固そうな顔つきをしていて、東京からきたおれたち二人をひどく毛嫌いしているようだった。

「段段畠《ばたけ》があるぞ」眼を丸くして山の麓《ふもと》を見つめ、自分の発見に驚いた旗山が大声を出した。「無人島じゃなかったのか」

「あ。本当だ」おれも驚いた。

先月号から始まったばかりの無人島探訪シリーズという連載ルポだから、人間が住んでいたのでは雑誌で紹介することができなくなる。

「なあに。誰も住んじゃいないよ」漁夫がいった。「おれたち塩川の者が舟で出かけていってイモやマメを作っているんだ」

おれはほっとした。

塩川というのはおれと旗山が昨夜泊った半農半漁の小さな村である。村にたった一軒のうす汚れた宿屋に泊ったのだ。

おれは今朝、その宿屋から編集長に長距離電話をかけた。台風のため現地到着が遅れ、したがって帰りも予定より二日ほど遅れる筈《はず》であることを報告したのだが、編集長はなぜかかんかんに怒っていて、この多忙な時に何をのんびりしているか、無人島探訪は貴様の出した企画だが、おおかた会社の仕事を怠けたくてあんな企画を出したのだろう、明日の朝には必ず戻ってこい、戻ってこなければ罰金だ、ルポの連載も中止すると怒鳴り、おれの気を滅入《めい》らせ勤労意欲を失わせた。明日の朝までに戻れるだろうか、と、おれは考えた。次の台風がやってきたりしようものなら、とても戻れそうにない、思えば悪い企画を出したものだ、おれは嘆息した。

「編集長も気が小さい」おれの嘆息の理由をすぐに悟り、旗山がいった。「自分の眼の届くところにいない部員は全部サボっていると確信しているんだ」

「ま、小さい出版社だから無理もないがね」おれはあわててそういった。

この旗山はおれ以上に軽薄で、自分の言ったことを他人の言ったこととして吹聴《ふいちょう》してまわったりする。そして編集長は自分の悪口に敏感で、おれはすでに彼から嫌われているのだ。

おれはけんめいに編集長の弁護をした。「編集長だって大変だよ。五人しかいない部員が全部出はらってしまうと、電話の応対、来客の接待、みんなひとりでやらなきゃいけないんだから」

旗山が艫《とも》を振り返って念を押した。「昼過ぎには必ず迎えにきてくれるだろうね」

漁夫は雲行きのあやしい空を見あげた。「台風がくるというからなあ」

おれは泡を吹いた。「冗談じゃない。あんな無人島で、台風のまっただ中へ置き去りにされてたまるものか。必ず迎えにきてくれなければ困る。いや、困ります。ねえ。お願いしますよ」

「島には雨宿りできる小屋もあるから大丈夫だよ。だいいちあんた方、そのために弁当二食分も用意してきたんだろうが」

「これは万が一の時の用意だ」おれと旗山は泣きそうになり、ローリングのはげしい舟底に頭をこすりつけて漁夫を伏し拝んだ。「お願いします。お願いします」

「命を粗末にする人たちだ」漁夫はなかばあきれ、なかば嫌悪《けんお》感《かん》を浮べた表情でおれたちを見ながら、しぶしぶうなずいた。「ま、よくよくのことがない限り、迎えにきてやるよ」

それ以上彼に念を押し約束を強要することは、さすがおれたちにもできなかった。乳島の、塩川からはいちばん近い砂浜へおれたち二人をおろすなり漁夫は、やや波が高くなりはじめた海をさっさと漕《こ》ぎ戻っていった。おれと旗山は波打ち際《ぎわ》に立ち、次第に小さくなっていく伝馬船を心細く眺めた。

「さあ。早く見てまわろうぜ」と、おれはいった。「こんな小さな島、二時間もあれば一周できる筈だ」

だが、島を一周するには三時間かかった。島の周囲は砂浜だけでなく、外海に面した島の裏側のほとんどの岸が断崖《だんがい》絶壁だったからである。おまけに一周の途中から風が強くなり、雨も降り出した。

「もうこれ以上、写真は無理だよ」旗山はカメラを防水鞄《かばん》の中へしまいこんだ。

約束の昼少し過ぎに、やっともとの砂浜にたどりついたが、案の定そこには伝馬船も漁夫の姿もなかった。波はますます高く、遠くの岸の、岩にあたって砕け散る白い波がしらが灰色の空に届きそうである。この風雨とさっきの漁夫のあの口ぶりでは、とても迎えにきてはくれないだろう、いやもう必ずやそうに違いない、きっと台風がまともに襲いかかってくるという台風情報があったのだ、なぜかというと運が悪い時には必ずもっと悪いことが重なって起るに決っているからだ、おれたちは泣き顔でそう話しあった。

「風邪をひいてしまう」おれは段段畠を見あげた。「雨宿りできる小屋があると言っていたな。登ってみよう」

「おれはもう、とっくに風邪をひいたよ」旗山は勢いよくくしゃみをし、地べたへ洟《はな》をとばした。

マメを植えた段段畠の中をしばらく登ると、山の中腹に、なんの為《ため》か数百メートルを細長く切り拓《ひら》いて平坦《へいたん》に均《なら》した広場があり、その隅に二坪ばかりの掘立小屋があった。濡《ぬ》れねずみのおれと旗山が丸木を縦に並べて組んだ戸をあけ、中へとびこむと、小屋の隅の一段高くなった板の間で二人の農夫が向いあい、酒を飲んでいた。眼やにだらけの四十男と、酒のせいか鼻の頭が赤くなった三十歳くらいの男である。

「これは失礼」と、おれは無断侵入を詫《わ》びた。「ここはあなたがたの小屋でしたか」

「なあに。誰の小屋というわけのものじゃない。この島で畠を作っている塩川の人間が寝泊りしたり雨宿りしたりする小屋じゃから」と、四十男はいった。「濡れなさったか。そこに薪《まき》があるから火をおこして乾かせばいい」

「どこから来なさった」と、赤鼻がおれたちをじろじろ睨《ね》めまわして訊ねた。

おれと旗山は自分たちがあまり売れていない男性月刊誌の記者とカメラマンであること、この島へ取材に来たものの明日には至上命令で東京へ帰らねばならず、台風で足どめをくいそうなので思い悩んでいることなどを交互に語りながら、土間で火をおこし、濡れた服を乾かした。

「どうやらすぐまた次の台風がくるようですが、あなたがたは塩川へどうやって戻るつもりですか」と、おれは訊ねた。「船は迎えに来てくれそうにありませんよ」

「そうか。あんたがたも甚平《じんべい》の船で来なさったか」眼やにの四十男がうなずいた。

「わしらもふだんは、たいていあの伝馬船に乗せてもらって渡ってくるんだがね。ときどきは今日みたいに海が荒れて船が来ず、帰れなくなることがある。なに。わしたちは台風がおさまった昨日の午後から泊りがけでマメを穫《と》りに来とるんじゃ。さっきあんたたちが来たのも、畠から見ておったよ。つい今しがた、仕事を終えたばかりでな」土間の隅の、マメがいっぱい入っている大きな四つの籠《かご》を顎《あご》で示した。

「それでまあ、持ってきた酒で一杯やっとる」

質問に答えてくれないので、おれはちょっといらいらした。「でも、あなたがたまさか、台風が遠ざかるまでここで待つつもりじゃないでしょうね。いつになったらおさまるかわかりませんよ」

「うん。そりゃあまあ、甚平の船は、少し波が高いと大事をとって欠航するが」眼やには口ごもった。

「何か、ほかの便でもあるんですか」旗山がいきごんで訊ねた。

眼やには顔をあげておれたちを交互に睨《にら》んだ。「あんたがた、ほんとに早く戻りたいのかね。本当に、困っとるのかね」

「ええ。そりゃもう」おれと旗山は強くうなずいた。

赤鼻が、なぜか眼やにに、よせよせという眼くばせをした。

それに気づかず、眼やにはいった。「それなら、航空便がある」

「航空便」驚きのあまり旗山が洟をとばした。「こんな島と本土とを連絡する飛行機の便があるのですか」

眼やには旗山が土間にとばした洟を興味深そうに見つめながらつぶやいた。「ははあ。器用なもんじゃなあ。このひとは指を使わないで手洟をかむぞ」旗山に笑いかけた。「そいつを教えてくれんかね」

「時刻表を見た限りでは、そんな航空便のことは出ていませんでしたが」おれは訊ねた。「なんという会社の飛行機ですか」

「塩川航空、と言ってるがね」赤鼻はそういっておれを睨んだ。「定期便じゃないから、時刻表には載っていないよ。天候が悪いため船が出せないとか、塩川に戻りたい人間が乳島にいる場合だけ、日に一回往復するのじゃ」

「ははあ。すると塩川とこの島の間を往復しているだけの飛行機ですか」旗山は大きくうなずいた。「ありがたい。で、それはいつごろ、どこへくるんです」

赤鼻が腕時計を見た。「来るとすれば、もうそろそろやってくる時間だ。あんたがた、この小屋の前の滑走路を見ただろ。あそこへ着陸するんだよ」

滑走路とすれば短かすぎる、と、おれは思った。

「いやあ。今日は来るか来ないかわからないぞ」眼やにが、おれたちをじらそうとするかのようなにやにや笑いを浮べてかぶりを振った。「五郎八は昨日、まむしに嚙《か》まれたそうじゃからな」

「その五郎八という人が操縦士ですか」おれはいやな予感に襲われた。「副操縦士はいないんですか」

赤鼻と眼やにが顔を見あわせた。

「あれはたしか、五郎八の女房が副操縦士じゃなかったのかね」

「いや。あれは副操縦士とは言わんじゃろ。操縦する時はいつも五郎八ひとりで操縦しとるじゃないか」

「料金というのか、航空運賃というのか、それはいくらですか」けちの旗山がおそるおそる訊ねた。

「そうだなあ」眼やにが首をひねった。「わしら塩川の者は回数券を貰《もら》っとるので割安になるが、ときどき観光客がどうしてもとせがんだ場合は往復で三千円ほど取っとるようじゃな」

「片道千五百円か。ちょっと高いみたいだなあ。ここから塩川まで、飛行機なら十分もかからんでしょうが」

不満そうな旗山の脇腹《わきばら》を小突き、おれはあわてて口をはさんだ。「いや。千五百円で戻れるなら御《おん》の字だ。するとつまりその飛行機は、塩川航空にたった一台の飛行機で、回数券を持っていない塩川以外の人間はよほど懇願されない限り原則として乗せないということですか」

眼やにがまた、ことばを濁した。「うむ。まあ、そういうことになるな」

不安のあまり、おれは思わず声を大きくした。「営業許可をとった航空会社なんでしょうな」

そう念を押したおれに、赤鼻が鋭い視線を注いだ。「あんた。本当に早く東京へ戻りたいのなら、そういうことは訊ねないもんだ。よその者に喋ってもらっても困る。あんたは物を書く人じゃそうだから、書かれちゃ困るので本当は教えまいと思うておったのだが、困っているというからしかたなく教えてやったのじゃ」

「言いません」赤鼻の眼つきの凄《すご》さにふるえあがり、おれは大声でそういった。「誰にも喋りません。雑誌にも書きません」どうやらもぐり営業をしている個人所有の飛行機らしい。

「まあ、心配しなさるな」眼やにが笑顔でおれにうなずきかけた。「五郎八はちゃんと操縦の免許をとった、立派な飛行士じゃ」

無免許で操縦されてたまるものか。

「じゃ、それに乗って帰るか」と、やや心許《こころもと》なげに旗山がささやいた。

おれはうなずいた。「あたり前だ。こっちは急いでる。そんな便利なものがあるのだったら、もちろん乗って帰ろう」

どんな飛行機なのかが心配だったが、今のおれには編集長のご機嫌の方がもっと心配なのである。ぜいたくを言ってはいられない。

「しかし、まむしに噛まれたんじゃなあ」と、また眼やにがいった。

「なに。塩川綜合《そうごう》病院で手当を受けたと言ってたから大丈夫だろう」と、赤鼻がいった。「あそこには血清もあるし」

服がすっかり乾き、おれと旗山が、持ってきた弁当のうちの一食分を平らげ終っても、まだ飛行機はやってこなかった。雨は少し小降りになったが、風は強くなる一方である。

「来ないんだよ。きっと」

編集長に叱《しか》られるのは困るが、飛行機事故で命を失うのはもっと困るといった内心をあからさまに、ややほっとした表情を見せて旗山がそういった時、風の音にまじってかすかに爆音が聞こえた。

「来たな」眼やにと赤鼻が立ちあがった。

どんな飛行機なのか、自分の眼ではっきり見ないうちは一刻といえども安心できないので、おれと旗山は農夫たちよりも先に掘立小屋をとび出した。塩川の方角から低空で飛んできたらしい小型機が、マメ畠《ばたけ》の上空でゆるやかに旋回していた。機種は何というのか知らないが、胴体のずんぐりした双発のプロペラ機である。

「一応はちゃんとした、まともな飛行機じゃないか。あれなら大丈夫だ。なあ。そうだろう」無理やり自分自身を安心させようとしている口調で、旗山がおれにそういった。

「まともな飛行機でなきゃ、どんなものだと思ったんだ」おれは旗山を睨みつけた。「変なことをいうな」

飛行機は風に煽《あお》られて大きく機体を揺すりながら旋回し、滑走路のはるか彼方《かなた》で着陸態勢に入った。そして両翼を上下させながらこちらへやってきた。両翼を、交互に上下させるのではなく、同時に上下させていた。

「飛行機というのは、羽ばたくものかね」旗山が小声でおれにいった。

「飛行機が羽ばたくものか」おれは不機嫌に答えた。「風に煽られて、ああなっているだけだ」

「おい。おい。この滑走路で間に合うのか」なかなか車輪が滑走路につかないままでどこまでもこちらに近づいてくる飛行機を凝視し、逃げ腰で顫《ふる》えながら旗山が叫んだ。

やっと車輪がついた時、機体は滑走路の上で一度、大きくバウンドした。おれは眼を閉じた。

「や。五郎八じゃないぞ」おれたちの背後で眼やにが叫んだ。「五郎八はあんな下《へ》手糞《たくそ》じゃない」

五郎八でなければ誰だと訊《たず》ねようとして眼を開くと、機体が地ひびきを立てて滑走路上をおれたちの方へまともに突き進んでくるのが見えた。

「わ。この小屋にぶつかる」

旗山はとっくにおれの傍から消えていた。おれも泡をくって横のマメ畠へころがりこんだ。

飛行機はプロペラのピッチを逆にし、車輪を軋《きし》ませ、掘立小屋すれすれのところでやっと停止した。

「乗らないうちから飛行機事故で死ぬところだった」マメ畠の中でおれと顔を見あわせ、そういった旗山は、恐怖で瞳孔《どうこう》を針穴のように縮めていた。

プロペラの回転が止るのを待ってマメ畠から這《は》い出し、飛行機に近づいたおれたちは、機首と掘立小屋の隙間《すきま》を見てまた驚いた。

「見ろ。約十三センチだ」指でその間隔を計った旗山がおれを振り返ってうなずき、皮肉に言った。「名人芸だよ」

おれは顔をしかめた。「何が名人芸なものか」

雨で柔らかくなった滑走路には、車輪にブレーキをかけたための、主脚二輪前脚一輪計三本の深い平行な溝が、巨大もぐらの通った跡みたいに掘り返されている。

昇降口の扉が外側に開き、機内折畳式階段《エア・ステア》といえば聞こえはいいが何のことはないただの木の梯子《はしご》が地べたへ向けて突き出され、ねんねこで乳呑子《ちのみご》を背負った中年の女が危なっかしげに地上へおりてきた。

「やあ。お米《よね》さん」と、眼やにが彼女に声をかけた。「やっぱりあんただったか。五郎八さんの具合はどうだね」

「なあに。たいしたことはないんだけど、医者は動くなといってるよ」彼女は虫歯だらけの口を大きくあけて笑った。「あんたたちが来ていることを知ってるもんで、あのひとは心配してしきりに飛ぶ飛ぶといっていたんだがね、でも、医者に寝てろといわれたもんでね、それでまあ、しかたがないからわたしがかわりに飛んできたんだよ」

「お米さんの操縦で飛ぶのは久しぶりだなあ」と、赤鼻が愉快そうに言った。「あんた、よく操縦のしかたを忘れなかったね」

「忘れるものかね」お米さんと呼ばれているどうやら五郎八のかみさんらしいでっぷり肥《ふと》った中年女が、やや媚《こび》を含んだ眼で笑いながら赤鼻を睨んだ。「こういうのは、ま、飛んでいるうちにいろいろ思い出すもんでね」

旗山がうしろからしきりにおれの尻《しり》を小突いていた。「おい。おい」

何を言うかわかっているのでおれは振り返らず、唸《うな》るように答えた。「ああ。なんだ」

「あのね、あんたまさか、この飛行機に乗るつもりはないだろうね」

おれは振り返り、今やまん丸になってしまっている旗山の眼を凝視した。「なぜだ」

「じゃ、乗るというのかい。ねんねこで赤ん坊を背負った百姓のおばはんが思い出し思い出し操縦する、木の梯子をつたって出入りするような飛行機に」喋《しゃべ》っているうち、おれがこの飛行機に乗る意志を曲げるつもりのないことがわかってきたらしい旗山は、次第に気弱げな薄笑いを浮べはじめた。「結構だね。じゃ乗ろうよ。こういう飛行機で台風の中を飛ぶなんて、滅多にない経験だものね」

「お前はさっきから、気に障《さわ》るような軽口ばかり叩《たた》くな」そう言い捨て、おれはそっぽを向いた。彼が乗らないと言い出しては困るので断固たる態度を示して見せたわけだが、実はおれも内心ではほぼ完璧《かんぺき》に顫えあがってしまっていた。

おれたちの方を横眼で見ながら五郎八のかみさんと何か話していた眼やにが、大きくうなずいてこちらへ笑いかけた。「おうい。旅のひと。安心しなさい。乗せてくれるそうだぞ」

「そうですか」おれたちは五郎八のかみさんに近づいていき、ていねいに何度も頭を下げた。たったひとつしかない命を預けるのだから、ぺこぺこせずにはいられない。「よろしくお願いします」

「それじゃ、ま、片道だから、ひとり二千円ずつでも貰おうかね」

そういった五郎八のかみさんに、少しあわてて横から眼やにが口を出した。「お米さん。じつはさっき、わし、このひとたちに千五百円だと言ったんだがね」「ああ。それなら千五百円でもいいよ」五郎八のかみさんは厭《いや》な顔もせず、気軽にうなずいた。「じゃ、早く乗りなさい」

「あの五郎八のかみさんというひとは、いいひとらしいな」掘立小屋の中へ荷物をとりに戻る途中、おれは旗山にそういった。

旗山はおびえていた。「いいひとだから操縦がうまいとは限らないよ」

いやな顔をして見せているおれに、カメラの入った防水鞄《かばん》をかつぎながら旗山はなおも言いつのった。「さっき、五郎八というひとが操縦免許を持っているってことはちゃんと聞いたよ。でも、あのかみさんが免許を持っているってことは聞いていない。もちろんこっちの立場は、そんなことを訊ねたりできるようなものではないんだけどね」

「その通りだ」おれはわざと大きくうなずいた。「だから、訊ねなきゃいい」

「ま、おそらく無事に塩川へ戻れるだろうけどさ。うん」旗山はへらへら笑いながら、自分で自分に何度かうなずきかけた。「あのかみさん、操縦の経験はあるらしいからな。たとえ免許がなく、見よう見まねで操縦したのがだいぶ以前のことであるにしてもだ。うん。それに、百姓連中だって不安がっていないしね。たとえ連中が無知で、生命の危険に対して鈍感であるにしてもだ。なあ。そうだろう」

　おれは黙っていた。何か言うと怒鳴り出してしまいそうだったからだ。

　梯子をつたって機内に乗りこむと、そこにはなかば壊れかけた客席が、両側に五席ずつ計十席あり、中央の通路には筵《むしろ》が敷いてあった。客席と操縦席の間には何の仕切りもなく、操縦装置が丸見えである。おれと旗山はいちばん前の席に、通路を隔て、並んで腰かけた。

　掛けてすぐ、操縦席の天井近く、前窓の上部に小さな神棚があるのを目ざとく見つけた旗山が、またおれに声をかけてきた。「おいおい。あそこに神棚があるよ」

「うん。あるな」

「成田山の札が置いてある」

「うん。そうのようだね」

「つまりこの飛行機がこれまで飛んでいられたのは、なかば神の御加護」

「よせ」おれは横眼で旗山を睨《にら》んだ。

旗山は首をすくめた。「そういちいち、おれの言うことで怒るなよ。何も言えないじゃないか」

ふたりの農夫がマメの入った四つの籠《かご》や農具などを機内に運びこんでしまうと、五郎八のかみさんは梯子をひっぱりあげ、昇降口の扉をしめた。「さあ。それじゃ飛ぶからな」

しきりにむずかる背中の乳児をあやしながら五郎八のかみさんはほつれ毛をかきあげ、操縦席に大きな尻を据えた。それから、ぎこちない癖に乱暴な手つきでスイッチやスロットル・レバーなどをがちゃがちゃといじりまわした。おれと旗山は息をのんで彼女の仕草を凝視した。後部座席のふたりの農夫は、のんびりとマメの値段などの話をしている。

機はゆっくりと動きはじめ、方向を変え、掘立小屋に尻を向けた。それから走りはじめた。がたがたと機体が揺れ、おれたちは座席でとびあがった。

「もっとうしろの方へすわればよかった」と旗山がいった。

シート・ベルトがない上、いちばん前に掛けたものだから前の座席の凭《もた》れにつかまることもできないのだ。

「喋るな。舌を噛《か》むぞ」と、おれは叫んだ。

機体はバウンドし、さらに速度を加えた。飛行機は、今にもばらばらになりそうなほどはげしく震動した。そしてどこまでも走り続けた。

「飛びあがらないよ」旗山が身をしゃちょこばらせた。「あっ。もうすぐ滑走路からとび出てしまう」

海に向って断崖《だんがい》絶壁になっている滑走路の先端が見る見る迫ってきた。機体がまたバウンドし、おれたちは天井近くまでとびあがった。

滑走路をとび出たとたん、横なぐりの風に煽られて機は斜めに傾き、海面へと落下しはじめた。前窓越しに、白い波頭の海面がぐっと迫ってくるのを見て旗山は弱よわしい悲鳴をあげた。「もう駄目だな」彼はおれにいった。「もう駄目だ。そうだろ」

「ええい。こん畜生」五郎八のかみさんは、罵《ののし》りながら操縦桿《かん》を引き続けた。

赤ん坊がぎゃあぎゃあ泣いた。

機は首をもたげ、身を揺すりながらもやや安定をとり戻し、上昇しはじめた。おれと旗山は肩の力を同時に抜き、ほっと吐息をついた。

「お米さんよ」と、眼やにがいった。「よくはわからんが、さっき海の近くまで落ちた時は、ちょっと危なかったのではないかね」

「ちょっとどころか」五郎八のかみさんが、ややヒステリックにけたけたと笑った。

「ふつうならお陀仏《だぶつ》だね」

「ふつうならお陀仏だってさ」と、旗山がおれにいった。

「わたしにゃあ、念力みたいなものがあってね」と、五郎八のかみさんがいった。

「うちのひとにはないけどさ。だからわたしが操縦していてよかったよ」

「この飛行機は念力で飛んでるんだそうだ」旗山が泣き顔でおれに訴えかけた。

「聞いたか。念力だとさ」

「お前があまりびくついてるもんで、からかわれているだけだ」と、おれはいった。

飛行機は黒い雲にとり囲まれ、ぎしぎしと軋みながらまた大きく揺れた。天井の、アルミニウム合金の外鈑《がいばん》の継ぎ目から、通路の筵に水がぽたぽたとしたたり落ちはじめた。旗山が、じっとおれの顔を見つめた。また何か言う気だなと思いながら知らん顔をしていると、彼はおれの耳もとに口を寄せてきてささやいた。

「あのう、この飛行機、雨漏りがするね」

「それがどうした」

「ん。どうもしないけどさ」

ごとん、と、機体が大きく降下した。

「ひや」と、旗山が叫んだ。

おれの握りしめた両の掌《てのひら》は汗だらけである。ひや汗が背筋を流れていた。

窓から見ると、すぐ横を一羽のカモメが飛行機と並んでとんでいる。

「あのカモメはジョナサン・リヴィングストンに違いないぞ」と、旗山が大声でいった。「飛行機と並んでとべるような早いカモメは他にいない」

「なあに。カモメが早いんじゃない。この飛行機が遅いんだよ」と、五郎八のかみさんが旗山の声を聞いていった。「なにしろ向い風だからね」

旗山が傍で見ていてはっきりわかるほど顫えはじめた。「そんなに遅いと、失速するんじゃありませんか」

五郎八のかみさんが笑った。「ああ。失速っていうと、きりもみになって落ちる、あれのことかね。あれなら最近は、とんとならない」

「以前はなったのか」旗山は通路へ洟《はな》をとばした。

「器用なもんじゃあ」眼やにが感心した。「教えてほしいもんだね」

「もうそろそろ着く頃でしょう」と、おれは訊《たず》ねた。「今、どの辺ですか」

「どの辺だろうねえ」五郎八のかみさんが首を傾《かし》げた。「もうとっくに着いてなきゃいけないんだけどね。雲で地べたが見えないんだよ。道に迷ったかしらねえ」

「道に迷ったといってるよ」旗山が眼を見ひらいておれにいった。

「ええもう。うるさいね」泣き続ける赤ん坊をゆすりあげ、五郎八のかみさんが怒鳴った。

自分が怒鳴られたと思ったらしく、旗山が首をすくめた。

「ちょっと子供に乳をやる間、誰かこの操縦桿握っていてくれないかね」

「よしきた」赤鼻が気軽に立ちあがった。

旗山は洟をとばした。「おろしてくれ」泣き出した。「おれはおりる。落下傘《らつかさん》はないのか」

「落下傘はないが、この隅に破れた番傘がころがっているぞ」げらげら笑いながら眼やにがいった。

赤鼻に操縦桿をまかせて客席のひとつに腰かけた五郎八のかみさんは、着物の胸もとをはだけ、ソフトボール大の乳房をまろび出させてチョコレート色をした乳首を赤ん坊の口に含ませた。

　旗山が眼に涙を浮べておれに言った。「おれがこんなことを言うと、あんたはまた怒るだろうけどね」

「ああ。怒るとも」旗山が何も言わぬうちに、おれは彼を睨みつけた。「だから何も言うな」

「言うぐらい、いいじゃないか」彼は身もだえた。「なぜそんなにおれの言うことでいちいち怒るんだよ。あんたはね、編集長に怒鳴られることが心配で、その心配をすることで今の怖さを忘れようとしているんだ。そうだろ」赤く充血した眼でおれを見つめた。「ほんとはあんただって、ちょっとぐらい怖いんだろ」

「だからどうなんだ」おれはわめいた。「だからといって怖がったって、しかたないじゃないか」

「おれは編集長よりも、命を失うことの方が怖いんだからね」旗山がわめき返した。「おれはカメラマンだからね。いざとなりゃフリーのカメラマンとして食っていけるんだものね。編集長に怒鳴られようが、馘首《くび》になろうが平気なんだ。あんたとは違うよ。あんたは仕事熱心なんじゃない。あんたはただ編集長が怖いので、あんたが編集長を怖がるのは、今の仕事を馘首になったらあんたは」

「うるさい」おれは立ちあがった。「それ以上いうとぶん殴るぞ」

おれの権幕に顫《ふる》えあがり、旗山が股《また》ぐらを押えた。「小便を洩《も》らしそうだ」

「便所はいちばんうしろだけどね」と、五郎八のかみさんが赤ん坊に乳を呑《の》ませながらいった。「でも、がらくたを抛《ほう》りこんであって物置みたいになってるから、あそこじゃできない」

「じゃ、どこですればいいんですか」

眼やにが通路の筵をどんと踏んだ。「この筵の下のここいら辺に隙間《すきま》がある。そこからすればええじゃろ」

「この辺は稲荷《いなり》山の上かもしれんぞ」と、赤鼻が操縦席から振り向いた。「小便はやめた方がいい。お稲荷さんに小便をかけると腫《は》れあがるからなあ」

「でも、とても我慢できない」旗山は筵をひっぺがし、大いそぎで床にあいた数センチの隙間にペニスをあてがった。「みみずも蛙《かえる》もごめん」

空中から蛙にことわるやつもないもんだ。

エンジンの音が急に低くなったかと思うと機体がぐっと傾き、からからからからとい
う妙な音がした。窓から見ると、左翼のプロペラが停《と》まっている。
おれは停ったプロペラを指した。「あう。あう」声が出なかった。
「また停ったかね」赤ん坊に乳を呑ませ終りふたたびねんねこで背負いなおした五
郎八のかみさんが、どっこいしょと座席から立ちあがって操縦席へ戻った。「どき
な。かわるから」
「どうかしたのかい」通路にしゃがんだままで旗山がそう訊ねた。
おれは軽い口調で答えた。「プロペラが片方、停った」
「いひ、いひ、いひ」彼は低く笑った。「ああ。そうだろうよ。どうせそうだろう
よ」泣き出した。「ああ世は夢かまぼろしか」
「また、翼を天秤棒《てんびん》でどやしてみようか」と赤鼻がいった。「この前はそれでなお
ったから」
「無駄だろうよ」五郎八のかみさんはいった。「燃料がほとんどないから」
旗山が歌い出した。「大君のへにこそ死なめ」
「やあれやれ。台風で雲が吹きとんでやっと地べたが見えたけど」と、五郎八のか

みさんが叫んだ。「こりゃ、えらいとこへ出た」

「天国でしょう」と、旗山がすすり泣きながらいった。

だいぶ長い間飛んでいたから、行き過ぎて韓国へでも来たのかな、とおれは思った。

「方角を間違えて男沼《おぬま》の国道へ出た」五郎八のかみさんが操縦桿を前へ倒しながらいった。「あそこへ降りるしかないね。あそこにゃちょうどガソリン・スタンドもあるし」

おれはとびあがった。「国道なんかへ降りたら、車と衝突するでしょう」

「いやあ。あそこなら大丈夫じゃ」と、眼やにがいった。「瀬尻《せじり》で工事をしているから、車の数は少ないし、今日は台風じゃから車もほとんど出ておらんじゃろ」

「そんなこと、わかるもんか」旗山がわめいた。「飛んでる飛行機だってあるんだ」

「どっち道、ここへ不時着するしかないよ。小学校の庭は木が多いからねえ」五郎八のかみさんは乱暴に機を旋回させた。

機体はぎしぎしと、今にもばらばらに壊れそうな音を立て、大揺れに揺れた。旗山は泣き叫び、おれの口の中はからからだった。

灰色の国道が機体のすぐ下を流れはじめた。機が接地する寸前、逆方向から来た一台のコロナが左翼の下すれすれをかいくぐった。機体は接地してバウンドし、またバウンドした。前窓越しに、こちらへやってくるダンプ・カーが見えた。

「衝突だ」おれは身をこわばらせた。

「あっちがどいてくれるじゃろ」と、眼やにがいった。

ダンプは飛行機を見てあわてふためき、横の畠《はたけ》に乗り入れた。

機が停止したのは、ちょうどガソリン・スタンドの前だった。もしかするとこのかみさん、本当に操縦の名人かもしれない、と、おれは思った。

停止するなり旗山は昇降口にとびつき、自分でドアをあけ、梯子《はしご》もかけずに国道へとびおりてアスファルトの上へ俯《うつぶ》せになった。いつまでもその恰好《かっこう》のままでいるのでよく見ると、彼は熱烈に地べたへ接吻《せっぷん》していた。

おれは五郎八のかみさんに続き、梯子で国道へおりた。そこは山すその国道で、ガソリン・スタンドのうしろにはすぐ赤土むき出しの山腹が迫っていて、逆の側は一面の畠である。

「燃料がなくなっちゃってね」五郎八のかみさんが、眼を丸くして出てきた若いサービスマンに笑いかけた。「入れとくれ。すぐまた塩川へ飛ぶから」

「おれ、飛行機に給油するの、はじめてだよ」サービスマンは五郎八のかみさんの指示にしたがい、翼の上の燃料注入口からガソリンを入れはじめた。

「あんたたち、もうこれ以上これに乗る気はないだろうね」おれのあとから降りてきた眼やにと赤鼻が、軽蔑《けいべつ》したような笑いかたをしておれに訊ねた。

おれは時刻表に載っている地図を見て、この男沼というところが塩川の東約三十キロの地点にあることを知った。

「おれはもう乗らない」いったん機内に入り自分の鞄《かばん》を取って戻ってきた旗山が、おれを睨《にら》みつけてそういった。

「だって、この近くには鉄道がないんだよ」おれは猫なで声で彼にいった。「どうやって塩川へ行くつもりだい。乗せてくれる車があったとしても、今からこの国道を塩川に向ったのでは夕方の列車に間に合わないぜ」

旗山が眼を丸くし、つぶやくようにいった。「あんた、まだこれに乗るつもりか」とびあがった。「気ちがいだ。あんたは意地になってるんだ。そんなに死にたけりゃ自分ひとりで乗ったらいいだろう。おれはご免だ。台風が通過するまで、ここで待つ」決然として彼はうなずいた。「ああ。待つとも」

おれは彼の説得をあきらめた。本当はおれだってここで降りたい気分だったが、今の会社を馘首《くび》になった時のことを考えると多少の生命の危険は覚悟しなければならない筈《はず》だった。「勝手にしろ。おれは乗って帰る。明日の朝までに東京へ帰る」

「帰れないかもしれないぜ」うすら笑いを浮べて旗山がいった。

おれはもう少しで彼を殴るところだった。

「帰るさ。きっと帰ってやる」

「それはもういいよ」五郎八のかみさんが、給油を終え、苦心して機首によじのぼり前窓のガラスを拭《ふ》いているサービスマンに声をかけた。「すぐ出発するからね。こんなところへ着陸しているのを駐在に見つかったらうるさいから」

「台風の目が、すぐ南西にまで来ているんだぜ」サービスマンが心配そうにそう教えた。

五郎八のかみさんは笑った。「なに。大丈夫さ」

急に激しく雨が降りはじめた。おれは農夫たちと共にまた機内に乗りこんだ。

旗山ひとりを降ろした飛行機は国道を滑走して数台の車を畠へと追いやりながら

ふたたび離陸し、西へ向った。

おれたちが離陸した直後に崖《がけ》くずれがあり、あのガソリン・スタンドが埋まってサービスマンと一緒に旗山が死んだという知らせがあったのは、翌朝おれが出社して編集長から「なぜ旗山の撮影したフィルムを貰《もら》ってこなかったか」と怒鳴られている最中だった。

（「小説新潮」昭和四十九年十月号）

最悪の接触《ワースト・コンタクト》

「呼び出したのは他でもない」局長が、すでに不吉な予感にふるえているおれの顔をじろりと見てからそっぽを向き、話しはじめた。「マグ・マグ人というのが接触《コンタクト》したいと言ってきた。地球の人間はまだ誰ひとりマグ・マグ人に会っていない。で、地球とマグ・マグが本格的な交際を始める前に、例によって試験的に、代表的地球人ひとりと代表的マグ・マグ人ひとりを一週間だけ、この基地のドームのひとつで共同生活させることになった」

案の定ぞっとしない、いや、ぞっとする仕事である。「それにわたしが選ばれたわけですか」

局長は大きくうなずいた。「その通りだ。この基地がマグ・マグにいちばん近いそうだ」

「共同生活させる場合は平均的な、常識ゆたかな代表者であることが望ましいわけでしょう」

「自分はそうではない、と言いたいわけだな」にやりと笑ってから局長は急にデスクの彼方《かなた》でおどりあがり、おれに指をつきつけてわめきはじめた。「その通りだ。お前は酔っぱらいで、怠けもので、喧嘩《けんか》早くて、しかも非常識だ。くそ。なぜおれの部下たるや、どいつもこいつも」気を静めようとしてか局長は局長室の中をぐるぐると歩きまわりはじめた。「しかし、他に誰がいる。チャンは完全な慢性アルコール中毒で、いつもピンクの象を供にひきつれている。ストーンフェイスは自閉症だ。誰とも話をしないし仕事もしない。サンチョは酒は一滴も飲まないが怒りっぽくて、相手も場所もわきまえずにナイフを抜く。バクシは真面目《まじめ》でよく働くが、することなすことへマだらけ、あいつの居た場所へあとから行ったら、今まであいつがそこにいて一生けんめい働いていたことはひと眼でわかる。ものが滅茶苦茶《めちゃくちゃ》に壊れていなかったことは一度もない。だが、その点お前は」椅子《いす》に腰をおろし、ゆっくりとおれにうなずきかけた。「酒は飲むがまだアル中ではない。怠けものだが自閉症ではない。喧嘩はするものの殺人鬼ではない。非常識ではあるが完全な馬鹿《ばか》ではない」

「ひどすぎる」さすがにむっとして、おれは口を尖《とが》らせた。「いくらなんでも、それほどのことはありません」

何か言い返そうとした局長が、思いなおしておれに笑いかけた。「そう。その通り。いくらなんでもそれほどのことはない。お前は基地内で一番の平均的常識人だ」真顔に戻り、命令口調になった。「お前がマグ・マグ人と共同生活をするのだ」

異種族は大嫌いだったがしかたがない。どうやら一週間だけ我慢するほかなさそうである。「で、そのマグ・マグというのはどういう連中なのです」

局長はちょっといらいらし、指さきで机を叩《たた》いた。「それがわからんからお前に共同生活をさせるのだ。風俗習慣、生活態度、ものの考えかた、性格、そうしたことすべてを観察し、相手から学びとってこなければならん。相手もお前からそれを学ぼうとするだろうから、教えてやれる事柄はすべて教えてやらねばならん」

「学べなければどうなります。たとえばそのう、相手がテレパシイ種族であればこっちにその能力はないし、もしジェスチュアだけしかできない唖《おし》の種族であれば」

「そういうことなら交信ですでにわかっている。マグ・マグ人はお前が学校で学んできた筈《はず》のヒューマノイド共通語を喋《しゃべ》ることができる」

おれはほっとした。「ヒューマノイドですか。つまりナメクジ型やクモ・タコ型ではないわけですね」

「うむ安心しろ人間型だ。さらに彼らの呼吸しているのは弗素《ふっそ》でも塩素でも硫化水素でもない。酸素だ。ヒューマノイドだから当然のことだが彼らの望む気圧も温度も重力も地球人のそれとたいして違わない」

「問題はわたしの相手として選ばれてくるやつです」と、おれは言った。「いくら善良な種族でもわたしの相手が兇暴《きょうぼう》ではかないません」

「それも安心しろ」あてつけがましく局長はおれをじろじろ見ながら答えた。「こっちと違ってあっちは本拠のマグ・マグからやってくるんだ。厳選された優秀なマグ・マグ人に決まっとるよ。くれぐれも粗相があってはならんぞ」

マグ・マグとの数十度の交信、地球本部との百回を越す打ちあわせの結果、試験結婚、などと呼ばれてもいるらしいその異星人との共同生活の日どりが決定し、新しいドームが基地のはずれに建設され、マグ・マグから送ってきた什器《じゅうき》備品を含め、世帯道具など一式が運び込まれた。

その日、おれがドームへ出発するため身のまわりの品を袋へ詰めこんでいると、バクシがやってきて報告した。「マグ・マグからの船、さっき来て、マグ・マグ人ひとり、ドームに入って行ったよ。あなたも早く行く、いいよ」

「どんなやつだ」

「男だよ」

「そりゃまあ、そうだろうさ」男と女に共同生活なんぞさせて宇宙混血でも生まれた日には大騒ぎである。

「髪は白みたいなうす茶色。背はあなたより少し低いよ。遠くから見ただけだけど、ちらりとこちら振り向いたの一度だけ見たら眼が真っ赤だったよ」

「それがちょっと、気にくわんな」イエウサギのようにアルビノの種族なのだろう、と、おれは思った。眼球の真っ赤なアルビノには地球でも二、三度会ったことがある。むろん、あまり気持のいいものではない。

小型の気密車でサンチョにドームの前まで送ってもらい、おれは減圧室兼用のエア・ロックに入った。ここで気密服を脱ぎ、いよいよマグ・マグ人のいる部屋に入る。

おれはもともと無愛想な方である。いつも通りの態度で押し通した方が不自然でなくていいのではないか、とも思ったが、平均的常識人というふれこみで会うのだから少しは愛想よくした方がよかろうと考えなおし、多少芯《しん》が疲れるが平均的常識人の振舞いをできるだけ思い出しながら真似《まね》ることにした。

ドアが開くと、マグ・マグ人はにこにこ笑いながらこちらを向いて立っていた。知的な顔をしていて、われわれ日本人であれば眼球の、黒眼の筈の部分が真っ赤であるほかは、地球人と特に変わったところはない。おれも笑顔を作り、荷物をフロアーに置くとすぐ、両掌《りようて》を拡《ひろ》げてなため前方に差し出した。たいていのヒューマノイド型異星人に悪意がないところを見せるにはこの方法が一番だと教わっていたからである。

「よろしく。タケモトです」

ところがマグ・マグ人は両手を背中の方へまわしたまま、おれにうなずき返した。

「よろしく。ケララです」

両手をうしろへまわすことによって恭順の意を示す種族も二、三ある。おれもあわてて両手を背中にまわした。

その途端、ケララというそのマグ・マグ人は、背後に握っていた棍棒《こんぼう》を振りかざし、おれの脳天を一撃した。

眼がくらんだ。「いてててててて」

おれはいったんぶっ倒れ、怒りでなかば逆上し、すぐとび起きて叫んだ。「何をする」相手が地球人なら殴りかかっているところだ。おれはけんめいに自制しながらケララを睨《にら》みつけた。

ケララはにこにこしていた。「よかった。死ななかったね」

怒りを忘れ、おれは一瞬唖然《あぜん》とした。相手の意図を悟ろうとしながら、おれはゆっくりと椅子に腰をおろした。「死ぬところだったぞ」

「あなたを殺して何になりますか」ケララは笑いながら、テーブルをはさんでおれと向かいあい、腰をかけた。「死なないように殴ったよ」

またもや怒りがぶり返し、おれはテーブルを叩いてわめいた。「だから、なぜ殴ったと訊《き》いているんだ」

ケララは真顔になり、ちょっと怪訝《けげん》そうな表情をした。「だから言ったでしょ。わたしはあなたを、殺さなかった」

おれは憤然として立ちあがり、わめいた。「殺されてたまるか」

「なぜ、そんなに怒る」ケララもあわてた様子で立ちあがり、心から不思議がっている顔つきでおれを見つめた。「あなたはわたしに殺されなかったのだから、しあわせではないか」

「馬鹿」おれはわめき散らした。「それが好意のしるしだとでもいうのか」

「落ち着きなさい。そこ、掛けなさい。ゆっくり説明するよ」ケララがおれに椅子を示し、自分も掛けた。

「マグ・マグでは挨拶《あいさつ》がわりに殴るのか」瘤《こぶ》を調べながら呻《うめ》くようにおれはそう訊《たず》ねた。

ケララは眼を丸くした。「殴るなんてとんでもない。そんな挨拶がどこの世界にありますか。殴る痛いよ」ポケットから紙箱を出し、おれに突き出した。「煙草《たばこ》、吸うか」

「ほう。マグ・マグにも煙草があるのか」おれは手をのばした。「一本貰《もら》おう」

「もちろん、マグ・マグにも煙草はある」ケララは煙草をひっこめてしまった。

「しかし、わたしは吸わない」紙箱を破り、中に入っていた十本ほどの煙草を全部ばらばらに千切りほぐして屑籠《くずかご》に捨ててしまった。

あっけにとられていると、ケララはテーブルの上に散らばった煙草の屑をふっ、ふっと吹きはらいながら喋りはじめた。「常識と常識とぶつかるところに、新しい文明生まれるね。相反する習慣の交じりあいで新しい文化できる。それ、あなた認めるか」

よくわからぬなりに、おれはうなずいた。「そこまでは認めよう」

突然、ケララが泣きはじめた。「なぜ、そんなものを認める必要があるか」おれを見つめながら涙を流し、おろおろ声で彼は言った。「なぜあなたがそれを認める必要ありますか。わたしならともかく」

泣くとは思っていなかったので、おれはちょっとどぎまぎした。「悪いことを言ってしまったようだな」

ケララは立ちあがった。「いや。あなたはいいことを言ったのだ」涙を拭《ぬぐ》いながら彼は部屋の中を歩きまわり、さっきおれを殴りつけたあの棍棒を床から拾いあげた。

またやる気かと思っておれは腰を浮かせ、身構えた。

「あなたはとてもいい人だ」ケララはおれを見つめてそう言うと、棍棒を力まかせに自分の後頭部へ叩きつけ、ぶっ倒れた。

あわてて駈《か》け寄ると気を失っていた。こいつを理解するにはだいぶ時間がかかりそうだと思いながら、おれはケララを抱き起し、部屋の隅にあるベッドへ運んだ。次に棍棒を拾いあげ、焼却炉を作動させて投げ込んだ。なんの為《ため》に持ちこんできた棍棒かは知らないが、まさかマグ・マグ人の生活必需品ではあるまい、百害あって一利なしと判断したのだ。

ケララを寝かせたベッドとは反対側の隅にあるベッドを自分用のものと勝手に決めてごろりと横たわり、おれはマグ・マグ人の基本的なものの考え方を、今までのケララの言動から想像してみようとした。しかし、もちろんそんなもの想像できるわけがなかった。混乱するばかりである。あきらめて起きあがると、いつの間にかケララも起きあがり、ベッドに腰かけてこちらを見ていた。

「腹、へった」とケララは言った。「あなた、飯、作れ」

夕食の時間ではあったが、いやに横柄《おうへい》な言いかたなので、おれにはこのケララが本当にマグ・マグの平均的常識人なのかどうか疑わしく思えはじめてきた。「いやだね。それにおれは命令されるのも厭《いや》だ。お前作れ」

ケララは嬉《うれ》しそうににたにた笑いながら立ちあがり、おれの方へ近づいてきた。

気持が悪い上に少し恐ろしくもあり、おれはまた身構えた。「最初はお前が作るんだ。な。次はおれが作る。交代で作ろう。な。そうすれば互いの食生活の違いがわかるだろう。いや。嗜好《しこう》の違いというべきかな。そうだろ。な」

な、な、と言い続けるおれの方へますます近寄ってきたケララは、今にもよだれを流しそうに口もとをゆるめ、嬉しげに両手をこすりあわせた。「本当に、飯、わたし、作っていいか」

「ああ。頼むよ」

いそいそとキッチン・ブースへ入って行くケララのうしろ姿を眼で追いながらおれはいささか不安になった。どんなものを作るつもりだろう。おれが食えないようなものを作るのではないだろうか。しかしまあ、さほど心配することはあるまい。もし万が一食えないようなものなら、おれが自分の分だけもう一度作りなおせばいいのだ。

ケララは鼻歌をうたいながら料理を作っていた。マグ・マグのポピュラー・ソングでもあるのだろう。変な曲である。YOUD' BE SO NICE TO COME HOME TOに似ていて、いささかバレた曲だ。

あいつ一体、マグ・マグではどんな仕事をしていたのだろう、とおれは思った。職業を訊けばあいつのものの考え方をつかむきっかけになるかもしれない。キッチン・ブースの前まで行き、スクリーン越しに声をかけた。「あんたの商売はなんだね」

ケララは鼻歌をやめた。「わたしの商売かい。それは聞き洩《も》らした」

「なんだって」

「聞き洩らしたんだ」

「何を」

「あんたが今訊ねただろう。わたしの商売だよ」

どうも何か勘違いをしているらしい。

「じゃ、あんた、どの程度の学校教育を受けたんだね」とんでもない馬鹿ではないか、とおれは疑ったのだ。

「わたし、まずまずまともな教育を受けたね」

まずまずまともな答えが、はじめて返ってきた。

「専門は」

「専門かね。ずいぶん長かったよ。ちょうど区画整理があってね。みじめなものさ。いやもう、二度とあんなおこぼれにはありつけないだろうよ。あんたやわたし以外にはね。しかしまあ、それがいわゆる、専門の、専門らしいところだろうけどね。あはははは」

何が何やらさっぱりわからない。

会話をあきらめ、部屋の中央に戻り、テーブルについて待つうち、ケララがにたにた笑いながら料理の皿をふたつ持ってキッチン・ブースからあらわれた。「でけた」

「肉じゃないか」テーブルに置かれた皿をのぞきこみ、おれは眼を丸くした。「この基地に来て以来肉なんてものにはとんとお目にかかっていない。マグ・マグから持ってきた肉だな」

「マグ・マグ人、肉が好きだよ。自分以上に好きだ。なぜかというと自分も肉だからだ」ケララはナイフやフォークを並べた。すべて地球製のものとよく似ているが材質は金属ではなさそうだった。「だから利害関係のある者と一緒に肉食わないね」

「それはまた、どういう意味だい」

「あなたとなら、わたし肉食うという意味だよ。さあ食べるね」柔らかそうな肉のひと切れを、ケララは口に抛《ほう》りこんだ。

それを見て安心し、おれもたっぷりと白っぽいソースのかかった肉をひと切れ切り、口に入れようとした。

その時、ケララが立ちあがり、眼を輝かせてにたにた笑いながらテーブルを迂回《うかい》し、おれの傍《そば》へ走り寄ってくると耳もとで吠《ほ》えるように叫んだ。「その肉食う。あなたの命それ限りね。わたしその料理に毒入れたよ」

しばらく茫然《ぼうぜん》としていたおれは、ケララのことばの意味を理解し終えるなりナイフとフォークをテーブルに叩きつけて立ちあがった。「くそ。おれを殺そうとしたな」

「なぜ怒る」ケララは驚いた様子で眼を丸くし、おれを見つめた。「殺す気なんかじゃなかったことはわかるだろう。毒が入っていることを教えたんだから」

おれはケララの胸ぐらをつかんだ。「料理に毒を入れた。それは認めるな」

ケララはおれの手を振りはらい、ヒステリックに叫んだ。「なぜわたしがそんなこと認めなければならない。あなたならともかくとして」泣きはじめた。「ひどい誤解だ」

「どう誤解したっていうんだ」おれはわめいた。「これじゃおちおち飯も食えない。いつ殺されるかわからん」

ケララは泣きやんでおれを不安そうに見た。「そうなのかい」

「何がそうなのかいだ。おれはお前のことを言ってるんだぞ。お前はおれに毒入りの料理を食わせようとした」

ケララは嬉しげに両手をこすりあわせた。「そうそう。そしてそれをあなたに教えてあげた」

「だから感謝しろとでもいうのか。馬鹿《ばか》な」あきれ果て、おれはまた椅子《いす》に腰をかけた。「なぜそんなことを。だいいち料理が無駄じゃないか」

「ちっとも無駄でないよ。料理を作らなければわたしそれに毒入れられない」

「あ」おれはのけぞった。「おれに、毒が入っていることを教えるためにこの料理に毒を入れ、毒を入れるためにこの料理を作ったと、そう言うのか」

ケララはおどりあがった。「ついにあなた、わたしを理解した」おれの両手を握り、ぴょんぴょん跳んだ。「わたしたち友達。わたしたち友達」

おれもなかばつりこまれて立ちあがり、やけくそになって一緒に跳んだ。「おれたち友達」

「わたしたち友達」

馬鹿ばかしくなっておれは跳ぶのをやめ、ケララの手をはなした。「ちょっと待てよ。まだおかしいところがあるんだ」

ケララもうなずき、考えこんだ。「そう。そう。あなた、まだちょっとおかしい」

「何言やがる。おかしいのはそっちなんだ」気が狂いそうになってきたのでおれは自分のベッドに戻り、横たわって頭をかかえこんだ。

ケララが傍へやってきて、おれを覗《のぞ》きこんだ。「どうかしたのか」

「頭が痛い」

「そうか」ケララはうなずいた。「わたしは痛くない」また鼻うたでさっきの曲を歌いながら、彼は部屋を歩きまわりはじめた。

むかむかと腹を立てながらケララを横眼でうかがうと、彼は何かを捜している様子で床の上を見まわしながらうろうろしていた。

「あの棍棒《こんぼう》なら、焼却炉に投げこんだぜ」

ケララはおれを見て、首を傾《かし》げた。「棍棒って、カレブラッティのことかい」

「あれはカレブラッティって言うのか」おれは少し不安になった。「あれはマグ・マグ人の生活必需品だったのかい」

「そうだよ」

「そいつは悪いことをしたな。燃やしちまった」

だが、ケララは平然としていた。

おれは訊ねた。「あれは、何に使う道具だったんだね」

「頭を殴る道具だよ」

おれはあきれた。「では、生活必需品なんかじゃ、ないじゃないか」

ケララは床に眼を落し、呟《つぶや》くように言った。「でも、まだ毒薬があるから」

おれはとびあがった。「まだ何かに毒を入れる気か」ケララに近づき、おれは手をさし出して唸《うな》るように言った。「さあ。毒薬を渡せ」

ケララはじっとおれを見つめていたが、やがて悲しげにかぶりを振った。「駄目だ。あれだけは渡せない。地球人は毒を手に入れるなりすぐ服《の》んでしまうと聞いている。渡したりしたら大変だ」

「何を言ってるんだ。自分で毒を服んだりはしないよ」

ケララは、今度は決然としてかぶりを振った。「むろん最初はそう言うだろうがね。しかし渡せない。わたしが管理するよ」

おれはさし出していた手をおろし、ケララを睨《にら》みつけた。「管理が聞いてあきれるぜ。また料理に入れるつもりだろう」おれもかぶりを振った。「そうはさせない。おれは今後、自分の料理を自分で作る」おれは急に空腹を覚え、キッチン・ブースへ歩きはじめた。「やれやれ。もう一度作りなおしか」

その時、きえええええええっという悲鳴とも怒号ともつかぬ奇妙な叫び声をあげてケララがおれの背後へ駈け寄ってきた。驚いて振り返ったおれの胸板に、ケララが勢いよくとび蹴《げ》りをかけてきた。おれはぶっ倒れた。

「あなた、二度と料理を作るなど言ってはいけない」激しい怒りに頰を引攣《ひきつ》らせながら、ケララは倒れているおれの横にしゃがみこんで胸ぐらをつかみ、強く揺さぶった。「あなた、なんという不謹慎なこと言うか。今夜の料理、あの毒の入った食えない料理よ」

おれは怒鳴り返した。「だから食える料理を作るんだ」

ケララがわめいた。「何度言ったらあなたわかるか。あなた料理する。わたしの作った料理、無駄になるよ。わたし、なんの為にあの料理、毒入れた思うか。明日の朝の料理まで、あなた待ちなさい」

「待てないよ」ケララの手を振りほどいて立ちあがった。「おれは腹が減ってるんだ」

「だが、わたしは減っていない」

おれは、どんと床を踏み鳴らした。「おれは料理を作るぞ」

キッチン・ブースへ行こうとするおれの前に立ちふさがり、怒りに唇を顫《ふる》わせてケララはポケットから小型の光線銃らしいものを出した。

「銃を出したな」おれは立ちすくんだ。

「そうか。これ、銃のように見えるか」ケララはうなずいた。「なるほど誰が見てもこれは銃に見える。おそらくあなたにもこれが銃のように見えるだろう。しかし、だまされてはいけない。実はこれは銃だ」

「ふざけるな」おれは吠えた。「おれに飯を食わさぬつもりか」

「わたしがどんなつもりでいるかはどうでもいいことではないか。問題はあなただ」

「そうとも問題はおれだ。おれは腹が減っている」

「わたしは減っていない」

おれは議論をあきらめ、ふらふらと自分のベッドに戻り、崩れるように腰をおろした。どうやら明日の朝まで空腹に耐えなければならぬようだ。どうしても耐えられなくなれば、この気の狂ったマグ・マグ人が寝ているうちに起き出して、こっそり何か作って食えばいい、とおれは考えた。

ケララはテーブルにつき、じっとおれを見つめた。「あなた寝ないのか」

何をされるかわかったものではないから、おちおち寝てもいられない。「お前が寝たらおれも寝る。寝ないのなら寝ない」

「では、どちらもするな」と、ケララは言った。「わたしこれから、この料理食べる」毒の入っていない、自分用の料理を食べはじめた。

むしゃくしゃし、おれは腹立ち半分に厭味を言った。「腹が減ってないんじゃなかったのか」

「空腹時には食べないことにしている」ケララは食べ続けた。

ケララに背を向け、ドームの壁に鼻をつきつけて考えごとをしようとしたが、空腹の為《ため》かだんだんうすら寒くなってきたので、おれはまた起きあがり、毛布を捜して荷物をほどいた。だが、地球側からの荷物の中に毛布はなかった。

「毛布はないか」と、おれはケララに訊《たず》ねた。

「どっちの毛布だ」ケララが言った。「寝るための毛布か。起きるための毛布か」

真顔で訊ね返しているので、冗談を言っているのではないと思い、おれは説明した。「地球の毛布は両方兼用だ」

「ああ。それなら」ケララはうなずいた。「どちらもない」

ないのなら訊《き》き返すな、と言い返してやりたかったが、口論したらまた混乱するだけだ。室温は地球人にやや低く、マグ・マグ人にはやや高くドーム外で調節されているので、おれはありあわせの服を二着ほど着こんでまた横になった。

ものを考えるのが苦手なおれだが、そのおれに難題が押しつけられた。ケララに代表されるマグ・マグ人のものの考えかたの原理をつきとめよという難題である。

冗談ではないのだ。ものを考えるのが苦手な人間に異星人のものの考えかたなどわかるわけはない。それでも考えなければならぬ立場に追いこまれてしまった。しかたなく、おれは考えはじめた。

ケララはおれをぶん殴ったり、おれの料理に毒を入れたり、まかり間違えば死ぬようなことばかり仕掛けてくるが、これはもしかするとマグ・マグ人というのが死を弄《もてあそ》ぶことに喜びを感じる種族だからではないだろうか。そういう二元論が本当に成立するのかどうかは知らないが、たとえば地球人にだってエロスとタナトスという二大衝動があるというではないか。それによれば生への衝動は愛だの食欲だので大っぴらに表面にあらわれるが、死への衝動というのは無意識内に閉じこめられ、滅多に噴出することがないそうだ。マグ・マグ人はこれがあべこべで、相手が自分の死への衝動を触発させてくれることを喜ぶ傾向があり、したがって逆に今にも殺しそうなことをして見せるのが相手に対する礼儀であり、相手を喜ばせる最良の方法ということになっているのではあるまいか。

どう考えてもそれ以外にケララの行動を解釈できる理屈は見出《みいだ》せなかった。それが正しいか間違っているかを試みる方法はひとつだけある。ケララを殺そうとして見ればいいのだ。

眠ったふりをしてゆっくりと寝返りをうち、うす眼をあけて見るとケララは食事を終えて食器をキッチン・ブースへ運んでいた。何か兇器《きょうき》はないかと考え、キッチン・ブースにある包丁以外何もないという結論に達した。相手は光線銃らしき銃を持っている。下手に襲えば逆襲されて射たれてしまうだろう。ケララが銃を入れた上着を脱いでベッドに入るまで待ち、寝こみを襲わなければならない。

二時間後、おれはケララの寝息を確かめてから起きあがり、キッチン・ブースへ入っていって包丁を手にとった。常夜灯だけのうす暗い部屋に戻るとケララは暑いためか上半身裸になり、自分のベッドで仰向《あおむ》けに寝ていた。

「いやあごう」包丁を逆手に持って振りかざし、おれはわけのわからぬことをわめきながらケララのベッドへ突進した。

眼を醒《さ》ましたケララは寝ぼけ眼《まなこ》でおれを見てさすがに驚いたらしく、ふにゃと叫んでベッドから転がり落ちた。わざとひと呼吸遅らせ、おれはベッドの上へ深ぶかと包丁を突き立てた。

上着のポケットから銃をとり出そうとして焦《あせ》りながら、ケララは悲鳴まじりに叫んだ。「あなたなぜわたし殺すか」

「びっくりしたかい」おれはにやにや笑いながらうなずきかけた。「嘘《うそ》だよ。本当に殺す気なんかなかったんだ」

室内灯を明るくしてから、ケララはつくづく不思議だという表情でおれの前に歩み寄り、おれの顔を覗きこんだ。

「あなた、なぜそんな馬鹿げたことするか」手に銃を握っていた。

おれはちょっとおろおろした。「だって、殺されかけるのが好きなんだろう」

ケララは哀れみをこめておれの顔を見まわした。「殺されかけることが好きだなんてやつはいないよ。あなた、そんなやつがいると思うか」

おれは口を尖《とが》らせた。「しかし、あんただっておれを二度も殺しかけたじゃないか」

「そうだよ。でもわたし今、あなたがなぜこんなことやったか訊いている」

「だからそれはその」おれはどぎまぎした。「あんたがやったのと同じ理由だ」

「あなた、わたしがやった理由、知っているのか」

「いや。それはまあ、想像しただけだが」

「あなた胡麻化《ごまか》している」銃口をあげた。怒りで唇を顫わせていた。「どんな想像したか言えないだろう」

「ま、待ってくれ。言う。言う」おれはへどもどし、気を落ちつかせるため椅子《いす》に掛けた。

ケララも銃口をこちらに向けたまま、机をはさんでおれと向きあった。

おれは説明しようとした。「どう言っていいかわからないんだが」

「だったら黙れ」

「ま、ま、待ってくれ。話しかたを考えているんだ。つまりこうだ。おれはあんたたちの精神構造を考えた」

「精神構造は考えるものではない。精神構造が考えを生み出すのだ」

「あんたがたの心理を想像した」

「嘘だ」ケララは叫んだ。「本人が前にいるのだから訊けばよい筈《はず》だ。できることなぜしない」

「訊いてもわからないと思って想像した。頼むから最後まで黙って聞いてくれ。どう想像したかというと、つまり人間にはエロスとタナトスへ向かう相反する衝動が」約一時間、おれは汗びっしょりになって自分の考えたことを彼に説明した。

「これでわかっただろう」

「わかった。あなたが何を喋《しゃべ》っているか以外は」

大声で泣き叫ぼうとしておれは大きく口をあけた。だが、最初の遠吠《とおぼ》えが咽喉《のど》を通過するより早く、ケララの持った銃の先から赤い線が射出され、それはおれの口の中へとびこんだ。

ケララがにやりとした。「マグ・マグでいちばん強烈な香辛料だ」

転がりながらおれはキッチン・ブースへ行き、水を三リットル飲み、まだげえげえ言いながらおれは部屋にとって返した。「今度こそ承知しない。貴様を一度だけ殴る」

笑顔を消し、ケララはまた首を傾げた。「あなた、わたしが何か悪いことをするたびに必ず怒る。どうしてだ」

おれは唖然《あぜん》とした。「悪いこととわかっていながらやっているのか」

当然、と言いたげにケララは頷《うなず》いた。「そうだよ。この絶壁辛子《からし》油を飲ませる。誰でも死にかける。これ悪いことだよ。わたしが良いことと悪いこと区別できないとでも、あなた思うか」

「悪いことと知りながらなぜやる」

「人間が悪いことする時、たいてい悪いことと知っていてやるよ」

おれはわめいた。「そんなこと訊いてはいない」

「では何を訊くか。なんでも訊きなさい。あなたの知らないことなんでも答えてあげるよ」

おれは床にべったりと膝《ひざ》をついた。「おれにはなんにもわからない」涙が出てきた。「もう、まったく、なんにもわからない。おれは馬鹿《ばか》なんだ」わあわあ泣いた。

「あんたたちのことが、ひとつも理解できない」

「それならひとつだけ理解できたのではないか」ケララもおれの前に膝をついた。

「わたしたちのことが理解できないことを理解したのはたいしたものだよ」

「ありがとう。ありがとう」

泣きわめくおれをケララは立たせ、腕をとってベッドへ導いた。「心配はいらない。われわれは結構うまくやっていけるよ。最初の数世代は他愛《たわい》ない喧嘩《けんか》ばかりしていてどちらかが滅亡するかもしれないけど、なに、そういうこと、よくあることよ」

くたくたに疲れていたので、おれはすぐ眠ってしまった。

翌朝早く、おれは空腹に責め苛《さいな》まれて眼醒めた。昨日からのおれに対するケララの影響力はたいしたもので、おれの頭には空腹感で腹がいっぱいなどというケララ式の変な表現が浮かんだ。ケララはまだ寝ていた。ふらふらしながらキッチン・ブースに入り、おれはスープ、トースト、コーヒーという簡単な朝食を作った。

食器を盆にのせて部屋に戻ると、ケララが自分のベッドに腰かけて何ごとか考えこんでいた。

「もう起きたのか」おれは声をかけた。「そこで何をしている」

「わたしここで、いつものように困っている」

「力を貸すぜ」トーストにかぶりつきながらおれは言った。

突然、ケララはおれを睨《にら》みつけた。「あなた、悪いやつとつきあっているな。そいつと手を切るなら、むしろわたしがあなたに手を貸してあげてもいい」

おれは眼を白黒させた。「悪いやつって誰だ」

「あなた自身だ」ケララはおれに駈《か》け寄ってきて耳もとで叫んだ。「あなたわたしのものを盗んだ」

コーヒーにむせ、おれは咳《せ》きこんだ。「何を盗んだっていうんだ」

ケララはコーヒーの香りに鼻をひくひくさせた。「嗜好品《しこうひん》だな。これはものを盗みたくなる嗜好品の匂《にお》いだ」

「そんな嗜好品など地球にはない。これはコーヒーっていうんだ」おれは立ちあがった。「ひとを泥棒扱いするのはよせ」

「あなたが泥棒か泥棒でないか、調べるのに手を貸してあげるよ。まず第一にわたしが何を盗まれたかわかるか」

「知るもんか」

「それがあやしい。あなた、わたしの盗まれたものの値打ちを知ろうとしているな」

馬鹿ばかしくなり、おれはまた食事を続けた。「疑うならおれの荷物をひっくり返して調べたらどうだ」

「ないに決まっている」ケララはおれと向きあってテーブルにつき、おれを見つめた。「わたし昨夜夢を見たが、それはわたしの見るべき夢ではなかった。わたし、自分の夢見られなかった」

おれはケララを見つめ返した。「盗まれたものというのは夢か」

「あなたが自分の夢ととりかえた」

「そんなことできるものか」おれは吐き捨てるように言った。「寝ごとをいうな」

「それならあなた、昨夜どんな夢見たか」

「変な女の夢を見たな」

「その女が盗んだのかもしれない」ケララは言った。「その女、どっちへ行った」

「どっちへ行ったか、そんなこと知りたくもないよ」おれはわめいた。「あのての女はおれの好みじゃない」

「わたし、あなたの過去の女の遍歴話せと言っているのではない」

「誰が話すと言った。いったいあんたは何が知りたいんだ」

「それを聞いてどうする」

「知るもんか」

「知らないこと訊きなさい。なんでも教えてあげるよ」

わお、と叫んでおれは立ちあがった。いくら種族が違うとはいえヒューマノイド型知的生命体同士の会話がここまで食い違える筈はない。これは故意の食い違いだ。

おれはそう確信した。

「どっきりカメラに違いない」おれは隠しカメラを捜してまわった。「これはおれを笑いものにしようとして、みんなが共謀《ぐる》になってひと芝居打っているのだ。局長も共謀《ぐる》だ。あんただってマグ・マグ人じゃあるまい。あまり売れていない地球人の役者だ。眼球に赤いコンタクト・レンズをはめているんだ。今ごろ地球じゃ、テレビでおれを見て笑いものにしているんだ」

茫然《ぼうぜん》とおれを見つめていたケララが首を傾《かし》げて訊ねた。「あなた、何を捜しているか」

「隠しカメラだ」そう答えてから、おれはケララを振り返った。「そうか。隠しカメラなど捜さなくても、貴様の赤い目玉が本当かどうかを確かめればいいんだ」懐中電灯を出し、おれはケララに近づいた。

「何するか」

「じっとしていろ」おれはケララの眼球に明りをあてて観察した。

赤い瞳《ひとみ》は本ものだった。おれは唸《うな》った。「アルビノの役者か」

「どっきりカメラとは何か」と、ケララが訊《たず》ねた。どう見ても演技とは思えなかった。

考えてみればあの真面目《まじめ》な局長がそんなふざけたテレビ番組などにひと役買う筈がない。おれはしかたなくケララにどっきりカメラの説明をした。「と、まあ、そういう具合にして人をだまし、驚くのを見て面白がるテレビ番組だ。たとえばレストランに入る。食事をする場所だ。そこでたとえばステーキを注文する。焼肉だ。ところが給仕はヤキソバを持ってくる。これではないというと今度はカレーライスを持ってくる」

ケララはじっとおれを見ながら訊ねた。「それの、どこが面白い」

「だって、注文したのではない料理ばかりが出てくるんだぜ」

「それは当然だ」と、ケララは言った。「わたしが給仕であってもそうするよ」

おれは訊ね返した。「マグ・マグの食堂では、注文したのではない料理が出てくるのか」

「今は地球の食堂の話をしているんだろう」

「いやいや。地球のテレビ番組の話をしているんだ。たとえばマグ・マグにだってテレビに相当するものはある筈だ。そのテレビに食堂が出てくることだってあるだろう」

「それはもはや映像化されていて、本当の食堂ではない」

「そりゃそうだ。しかし」

「そこで何が起ろうと驚くべきではない。なぜならそれは映像だからだ。映像を見てたとえ驚いてもそれは本当の驚きではない。驚かせようという意図にしたがって驚く驚きは本当の驚きではないし、人生の大部分の驚きはそういう驚きなので、むしろそういう場合は驚くべきではなく困らなければならない。なぜ困るかというと人生のほとんどがそうした驚きでない驚きによって困らされているからだ。そう考えてみると人生は困りもので、われわれが困りの人生行動と呼んでいるその困り困りが、たまたま人生の目的の困り困り困りに一致していることになる」

非常に本質的なことを喋り出したと思うものだからけんめいに聞いているうちにまたわけがわからなくなり、おれはあわててケララを遮《さえぎ》った。「飛躍があるぞ」

ケララはかぶりを振った。「飛躍していない。困りが困り困りになり、困り困りになるのだから、順を追って話している。むしろ飛躍というのは、飛躍がある、とか、冗談ではない、とか、無意味だ、とか、そういったことばの中にこそある」

ケララは突然立ちあがり、真紅の眼球がとび出しそうなほど眼を剝《む》いて怒鳴った。

「あなた、なぜ飛躍したことばでわたしの話を中断させたか」

おれはあわてて詫《わ》びた。「すまなかった。じゃ、黙って聞くよ」

「いや。別に黙って聞かなくていい。わたしだって黙っては喋れない」ケララはしばらく黙ったままおれを見つめた。「聞こえるか」

おれはとびあがった。「何も聞こえない」

「そうだろうな。まだ何も喋っていない」

おれは汗を拭《ぬぐ》った。「道理で何も聞こえなかった筈だ」

ケララは溜息《ためいき》をつき、あたりを歩きまわった。「やっぱりそうか。そう思ったからわたしも喋らなかったのだ」

おれは思わず悲鳴まじりの声で叫んだ。「あと一週間、こんな馬鹿げたことを続けるつもりか」

そして気が狂いそうな一週間が過ぎた。発狂しなかったのが奇蹟《きせき》といってもいい一週間だった。ケララの言動はすべてにわたって常軌を逸していて、だが完全に常軌を逸しているかというと必ずしもそうとは言えず、変におれの知性に訴えかけてくるかと思うと時には文学的になったりもし、また、あまり驚かされてばかりいるのが癪《しゃく》なのでたまにはおれの方から非常識な振舞いに出たりするとそういう時に限って極めて常識的になり、なぜそんな馬鹿げたことをするのかと訊ね返してこちらを自己嫌悪《けんお》に陥らせたりするのだった。殴りあい寸前になったこと十七回、ケララが自殺しかけたこと四回、おれが泣きわめいたこと二十六回、最後の二、三日などは双方とも情動失禁に近い状態となり、泣いたり笑ったりの連続だった。

　最終日、迎えに来た船でケララがマグ・マグに戻ったあと、おれもサンチョの運転する気密車で基地内の居住ドームに戻り、首尾を局長に報告する元気もなくまっすぐ自分の部屋に行ってベッドに倒れ伏した。

　翌日、局長から呼び出され、おれはしかたなく報告に出向いた。

「なぜ、すぐ報告に来なかった」局長が不機嫌そうにそっぽを向いたまま訊ねた。

「どう報告してよいかわかりませんでしたので」と、おれは答えた。「考える時間が必要だったのです」

「お前がしなければならんのは報告であって、考えることではなかった」と、局長は言った。「お前が眠っている間に、マグ・マグと地球の間には国交を開始する約束ができてしまったぞ」

あっ、と、おれはのけぞった。「わたしの報告も待たずにですか」

「マグ・マグ代表からの報告だけで充分だろうと地球側が判断したためだ」

どんな騒ぎが起るかを考えておれはぞっとした。「ケララは、いや、マグ・マグ代表はどのような報告をしたのです」

「地球人はまことに交際しやすい善良な種族だ。常識もあり、時には知的でもあり、しかも情緒的には安定している。われわれとは必ずやうまくやっていくことができるであろう」

「そんなことを言ったのですか」おれは呻《うめ》いた。「地球ではそれを信じたわけですね」

「信じぬ理由は何もない」局長はおれを睨《にら》んだ。「たとえお前が正反対の報告をしていたって、わたしはお前よりもマグ・マグ人を信じただろうよ」

「どうなっても知りませんよ」おれはむかっ腹を立てた。「そうですか。ま、異星人崇拝という悪い傾向にひや水をぶっかけることになって、かえっていいかもしれませんね。も、えらい騒ぎになるに決まってるんですもんね。も、わたし知りませんからね。そうだ。おれだけがあんな目にあったんじゃ不公平だ。地球の奴《やつ》ら、みんな半狂乱になればいいんだ。発狂しちまえばいいんだ。わし、知らんもんね。け。けけ。けけけ。けけけけけけけ」

「気を静めんか。部屋に戻れ」と、局長が叫んだ。「落ちついてからでいいから報告書を書くんだ。業務なんだからていねいに書くんだぞ」

「はい。それはもう、ね」おれは出来得る限りの皮肉をこめて答えた。「一言一句をそのまま、ちょっとした仕草の端ばしまで、詳細に書きますよ。ええ。忘れようったって忘れられるようなもんじゃないんだから。もう」

自分の部屋で音声タイプに向かって五日め、タイプ用紙は三百枚を突破していた。書かねばならぬことはまだ百枚分もあった。

局長がとびこんできた。「なぜすぐ報告に来なかった」

顔色が変っていた。おいでなすったなと思い、おれは内心ほくそ笑んだ。地球から何か言ってきたに違いなかった。

「以前わたしが、どう報告していいかわからなかったと言った理由がやっとおわかりになったようですな。地球からなんと言ってきましたか」

局長はおれの部屋を歩きまわりながら喋《しゃべ》りはじめた。「えらい騒ぎになっている。マグ・マグの代表団が地球へやってきた。代表団長が議会で演説をやった。議員の中から四人の発狂者が出た。代表団長は演説を終えるなり壇上で服毒自殺した。代表団員約三百名があちこちで滅《め》茶《ちゃく》苦《ちゃ》茶をやりはじめた。小学校へ行って教壇へ立たせろと言い、支離滅裂な授業をして子供を半狂乱にしてしまうわ、ホテルの窓からベッドを落し、飛ばないといってフロントへねじこむわ、レストランで一万匹の蠅《はえ》をとばすわ、美術館の中で焚火《たきび》はするわ、往来で寝るわ、動物園のけもの全員にLSDを服《の》ませるわ、宝石店をまるごと買って金を払わないわ、列車に乗せれば走行中に客車のど真ん中を前後に切断するわ、女性の尻《しり》に辣油《ラーユ》を注射してまわるわ、プールの中にミズヘビをうようよさせるわ、カーテンは燃やすわ皿は投げるわ、犬は殺すわ金は撒《ま》くわ、おまけにこのマグ・マグ人の言動に感化されて地球の若い連中までが面白がって滅茶苦茶を真似《まね》しはじめて、上を下への大混乱だ。マグ・マグ人の出たらめさをお前がすぐ報告に来ていればこんなことにはならなかったんだぞ。どうする気だ」

「でも、報告を待たずに勝手に国交を開始したのは地球なんだから、局長にはなんの責任もないんじゃありませんか。それとも局長は地球に、わたしの報告などなんの役にも立たんとでもおっしゃったんですか」

局長はことばに詰まり、じろりとおれを横眼で睨んで鼻を鳴らした。「まあいい。とにかくその報告書を早く仕上げてしまえ。基地の仕事が山ほどある」

局長がぷりぷりして部屋を出て行き、おれはまた報告書にとりかかった。

結局おれの書いた報告書は、地球本土に届けられはしたものの事態解決のなんの役にも立たなかった。ただ、どういうルートで流れ出たものか報告書の写しが外部の人間の手に入り、これがたまたまマグ・マグ語に翻訳されてしまった。さらにこれはマグ・マグ本土で単行本になり、マグ・マグ人の間で評判になってベスト・セラーにまでなったという。どういう意味かよくわからないが「人間がよく描けていたのだそうである。

（「小説新潮」昭和五十三年九月号）

毟^{むし}りあい

毟りあい

会社から帰ってくると、警官隊が家を取り囲んでいたので、おれはびっくりした。

「何ごとだ」

「来ちゃいかん来ちゃいかん」と、警官のひとりが道路ぎわへおれを押しやった。

「まわり道をして帰ってください。危険です」

「まわり道なんてどこにもありません。わたしの家はあれです」おれは分譲住宅地の小さな二階建てを指してそういった。

「え。じゃあ、あなたがご主人ですか」

若い警官のその声を聞きつけ、報道関係者数人がわっとおれの傍《そば》へ寄ってきた。

「ご主人ですね」ひとりがマイクをおれの口もとにつきつけた。「ご感想をひとこと」

おれは混乱して眼をしばたいた。「驚いております」

「もちろん、そうでしょう。奥さんとは、結婚されて何年になりますか」

「七年ですが」おれの足が不安で顫《ふる》えはじめた。「家内が、何かやったのですか。どんな悪いことをやったのです。家内は決してそんな、大それたことをする女ではありません。おとなしい、いい女です。貞淑で、美人で、頭が良くて」

「ではまだ、何もご存じありませんでしたか」記者たちは顔を見あわせた。「奥さんが悪いことをなさったわけではないのです」

「では、息子ですか」おれは一瞬からだをしゃちょこばらせてから、首をかしげた。「でも、おかしいな。息子はまだ四歳だ。そんな大それたことのできる年齢じゃないのだが」

「あなたの早とちりは、われわれ以上だ」記者のひとりがあきれ返ってそういった。「脱獄囚が、あなたの家に逃げこんで立て籠《こも》ったのです」

間髪を入れず、もうひとりの記者がまたマイクをつきつけた。「ご感想をひとこと」

「そうでしたか。それで安心しました」マイクに向かってそう言ってから、おれはとびあがった。「では、では妻と息子は」

「人質にされています」気の毒そうな顔つきを作って、記者のひとりがそう教えた。

「ご感想をひとこと」

またもやマイクをつきつけた記者を、別の記者がたしなめた。「まあ待ちなさいよあんた。事情を知らない人にそんなにいそいで感想を訊《たず》ねたって、しかたがないじゃないか」

記者同士で喧嘩《けんか》しはじめた。

「うるさい。七時のニュースに間に合わせるんだ」

「勝手なことをいうな。おれたちはもっと長い談話をとりたいんだ」

「そんな暇はない」

「もっと落ちつかせてあげようぜ」

とても落ちついてなどいられない。

「待ちなさい。どきなさい。取材はあとにしなさい」警官隊の隊長らしい男がやってきた。「ご主人ですか。わたしは県警本部の百百山《どどやま》といいます。事情を申しあげますと、本日の昼過ぎ靫《うつぼ》刑務所から小古呂吾朗《おごろごろう》という懲役二十年の殺人犯が脱走しました。この小古呂という多血質の兇悪犯《きょうあくはん》は、刑務所の近くの交番に押し入り、可《か》哀想《わいそう》な警官の首を絞めて拳銃《けんじゅう》を奪い、その哀れな警官を射殺したのです。小古呂は以前から女房と餓鬼に会いたがっていました。小古呂の女房は美人で、小古呂が刑務所へ入ったすぐあとで再婚の話があり、今その縁談が進んでいるまっ最中です。刑務所の中にいてこの噂《うわさ》を聞いた小古呂は気が気でなく、ついに今日の犯行に及んだものと思われます。小古呂の女房の家はこのひとつ東の町にあり、われわれ警察の者は小古呂が必ずそこへやってくるものと思い、家の周囲で待ち伏せしていたのです。ところが長い道のりを走破し、ひと眼しのんで会いにきた小古呂は、隠れかたのへたくそな警官たちの姿を発見して逆上し、かんかんに怒ったのです。われわれに追われ、彼はあなたの家に逃げこみました。そしてあなたの奥さんと息子さんを人質にし、自分の女房と餓鬼に会いたいからここへつれてこい、つれてこないとこのふたりを射殺するといきまいています。こら」だしぬけに彼は怒鳴った。

おれはとびあがった。「すみません」

「いや。あなたに怒ったわけじゃない。こらそこのカメラを持った二人。勝手に家に近づいちゃいかん。犯人が逆上するじゃないか。馬鹿《ばか》。ええと。どこまでお話ししましたっけ。そうそう。そこでわたしたちは小古呂の女房と餓鬼をここまでつれてこようとしました。ところが小古呂の女房はすっかりおびえてしまっておりまして、小古呂に近づいたりしようものなら自分が射殺されてしまうといって、いくら説得しても家から出たがらないのです」

「で、警察としてはどんな対策を立てているのです。今、何をしているところですか」

「ですから今、困っているところです」

「それで、それで、わたしの妻と息子は」犯人から痛い目にあわされているのでなければいいが、そう思っただけでおれの視界は、たちまち涙でぼやけた。「まだ無事ですか。犯人が立て籠ってから、もう何時間ぐらいになりますか」

「おっつけ二時間です。あなたの勤務先を調べるのに手間どり、やっと会社へ連絡した時は、あなたはもう退社されたあとだったのです。奥さんと息子さんの声は、ついさっき電話で確かめました。まだご無事です」

「まだ無事だとは、なんて乱暴ないいかたです」おれは泣きながらも聞き咎《とが》めた。

「まるで、もうすぐ無事でなくなるみたいじゃありませんか」

「あ、失礼。ずいぶん長い間ご無事です」

「長いあいだ無事であってはいけないみたいだ」

「すみません。口不調法なもので」

「まあ、そんなことはどうでもよろしい。すると、その小古呂という男とは、電話で話しあうことができるのですね」

「はい。それはできます」百百山というその警官隊の隊長は、なぜかひどく得意そうに答えた。「外部から野次馬がお宅へ電話をかけたりして小古呂を不必要に刺戟《しげき》するのを避けるため、電話線はいったん切断しましたが、その後新たにそこの前線本部へお宅との直通電話を一台架設し、小古呂と連絡がとれるようになっています」

「その、前線本部というのはどこですか」

「そこの路地に停めてあるパトカーの中です」

「では、小古呂と電話で直接話をさせてください。わたしが説得してみます」弁舌には自信があった。「学生時代、弁論部のキャプテンをしていましたから」

「ははあ。弁論部ですかあ」百百山は急に困りきった表情をし、救いを求めるような素振りで周囲を見まわした。「あまり弁舌さわやかに説得されると、かえって犯人を怒らせることになると思うんですがねえ。なにしろ小古呂はひどい吃《ども》りで、お喋《しゃべ》りや演説のうまい人間には憎悪《ぞうお》に近い劣等感を持っていますから」百百山はおれの全身を睨《ね》めまわした。「それにあなたはたいへんな好男子で、おまけにスマートだし」

「それは電話じゃ、わからないでしょう」

彼は強くかぶりを振った。「いやいや。あいつはあなたのような、いい家庭を持ち妻や子に愛されているエリート・サラリーマンに対して猛烈な反感を持っていますから、あなたから電話がかかってきたというだけでかっと逆上し、あなたの奥さんと子供をぶち殺します」

「ぼくはエリートじゃないですよ」

「いや。絶対にそうです」百百山は決然とうなずいた。「顔と服を見ればわかります」

大企業の社員に変な複合観念《コンプレックス》を持っているのは、どうやら百百山自身らしい。

「では、では、ぼくにできることは何もないのですか」おれはおろおろ声でそういった。顔が歪《ゆが》んでいくのを、どうすることもできなかった。「ここでこうして、じっと成り行きを見まもっているしか他にすることは何もないのですか」

自我が崩壊しそうになっているおれの様子を見て、百百山の眼には、きら、と優越感がひらめいた。小気味よげに唇の端を吊《つ》りあげ、彼は喜色を満面に浮かべてうなずいた。「警察にまかせておきなさい」

その顔は、いかに好男子のエリートとてこうなっては手も足も出まいと思い、面白がっている顔であった。おれは一瞬、眼の前にいる百百山が犯人の片割れであるかのような気がした。百百山もおそらく、おれに対して一瞬加害者の快感を覚えたに違いなかった。

警察にまかせておけといったって、その警察は何もせず、困っているだけではないか、そういって詰《なじ》ろうとした時、さっきおれにマイクをつきつけたあのせっかちな放送記者が横から話に割りこんできた。

「もう、お話はすみましたか」

百百山がうなずいた。

記者はまた、おれの鼻さきへマイクをつき出した。「ご感想をひとこと」

他の記者たちも、おれの周囲に寄ってきてメモ用紙をとり出した。

「犯人の、小古呂という人に同情します」おれは考え考えそういった。「妻や子に会いたいという気持は、わたしにはよくわかります。家族がはなれればなれで暮さなければならない辛《つら》さなんて、わたしには想像もできません。小古呂が刑務所を脱走する気になったことも、彼と同じように妻や子を愛しているこのわたしには、痛いほどよくわかるのです」

記者のひとりが眼を丸くした。「あなた。それ、本気で言ってるんですか」

マイクを握っている放送記者が唾《つば》をとばして怒鳴りはじめた。「嘘《うそ》にきまってるじゃないか。このひとは自分の声がテレビやラジオで放送されて犯人に聞かれた時のことを考えて、犯人の共感に訴えかけ奴《やつ》の同情を得ようとして、それでこんな甘ったるいこと喋るんだ。そうに決っている。このひとはマスコミを利用しようとしてるんだ。おれたち記者やマスコミをなめてるんだ」

眼を吊りあげて叫び続けるその放送記者を眺めながら、おれは、こいつらもすでにおれにとっては加害者だ、と思った。こいつら、今や、おれの敵だ。

部下の警官たちにてきぱきと何ごとか指示をあたえている百百山に近寄り、おれは話しかけた。「小古呂の細君が説得に応じないと言っておられましたが」

「小古呂を説得してくれという説得に、応じてくれないのです」

「ではそれを、わたしが説得してきます」と、おれはいった。「わたしが頼みこめば細君は、兇悪犯の妻としての責任上、また人道上からもいやとは言えないでしょうし、細君が声をかければ、小古呂も気持をほぐすでしょうから」

「それもそうですな」百百山はあたりを見まわし、さっきおれを道路ぎわへ押しやった警官に声をかけた。「おいお前。ご主人と一緒に小古呂の細君のところへ行ってきてくれ」彼はおれに向きなおった。「この男は安直《あんちょく》といいます。これがあなたをパトカーで小古呂の家へご案内しますから、奴の女房を説得して、パトカーでここへつれてきてください」

「わかりました」

「では参りましょう」

おれと安直は一台のパトカーの後部座席に乗りこんだ。隣近所の顔見知りの連中がパトカーを覗《のぞ》きこみ、護送される犯人を見るのと同じ眼でおれをじろじろと眺めた。どいつもこいつも好奇心と、優越感に満ちた表情をしていた。あ、こいつら加害者、こいつら敵、おれはまた、そう思った。

　警官隊と報道陣と野次馬でごった返している建売り住宅地を抜け出て、パトカーは古くからある街道の東側の町へ向かった。

「小古呂の女房は美人でありまして」と、安直が、ねずみ色に汚れたハンカチで顔の汗を拭《ぬぐ》いながらいった。「男からちやほやされていい気になっております。小古呂とは離婚したくてしかたがない様子であります。小古呂と自分とはもう無関係だと言い張っております。ですから、ちっとやそっとでは小古呂を説得に来てくれそうにありません。だいたいにおいて、他人《ひと》を説得するといった柄の女ではないようであります」

「そうですか」おれは考えこんだ。

　そんな女だとすると、説得しようとするのは時間の無駄である。それなら最初から、もっと直接的な非常手段に訴えた方がいいかもしれない。だが、そうしようとするにはこの安直という警官が邪魔だ。何かいい方法はないかと、おれは思案をめぐらせ続けた。

　考え続けているうちにパトカーは古い家並みの商店街に入り、狭い路地の入口で停車した。おれと安直はパトカーをおりて行き止まりになった路地に入り、奥から二軒目にある小古呂の家の、磨《す》りガラスが嵌《は》め込まれた格子戸《こうしど》の前に立った。このあたりにもやはりマスコミ関係者がうろちょろしていて、安直につき添われたおれを見てすぐにおれが何者かを悟ったらしく、中のひとりがおれに話しかけようとし、安直に制止された。

「あとにしろ。大切な用事なんだから」

「こっちだって、大切な用事なんだ」吐き捨てるようにそう言い、その記者は腹立たしげに顔を歪めておれたちの傍を離れた。

「ご免ください」格子戸をあけ、安直がいった。

「マスコミの人ならお断りよ」家の奥から、疳高《かんだか》い女の声が響いてきた。

「警察の者です」

「尚《なお》さらお断りよ。小古呂の説得になんか、絶対に行きませんからね」

とにかく入りましょう、と、安直が目顔でおれに合図をした。おれたちは三和土《たたき》に入り、格子戸を閉めた。

美人だが眉《まゆ》のあたりに険のある若い女が玄関の間に出てきた。「何よなによ。勝手に入ってきて」

　おれはていねいに一礼した。「失礼いたします。あのう、あなたが奥さんでいらっしゃいますか。あの、あの」小古呂のことをどう言っていいかわからなかったので、とりあえず尊称をつけて言ってみた。「あの、小古呂さんの」

「小古呂のことは言わないでください。あんな人とはもう、何でもないんですから」

「だって結婚してるじゃありませんか」安直が、なぜか怒ってそういった。「夫婦じゃありませんか。いかに殺人犯とはいえ、離婚していない限り夫婦ですぞ」

「夫婦じゃないわよ」小古呂の妻が叫び返した。「夫婦が、本当に夫婦かどうか、そんなこと、他人にわかるものですか」

「何をわけのわからんことをいうか」

　小学校一年生ぐらいと思える男の子が出てきて、小古呂の妻の横に立ち、おれたちをじろじろと見つめた。

「あのう、ですね」安直を制しておれはおだやかに話しかけた。「あなたが小古呂をどんなに嫌っておられても、小古呂の方では、まだあなたとお子様を忘れられないようでしてね。だからあなたに」

「そんなこと、あっちの勝手です。わたしこれから夜のお勤めがあるの。着換えなきゃいけないので失礼します」奥へ入ろうとした。

安直が怒鳴った。「この人の話を聞いてあげたっていいじゃないか。この人は小古呂に奥さんと息子さんを人質にとられているんだぞ」

真面目《まじめ》一点張りの安直が激昂《げっこう》して叫び続けている隙《すき》に、おれは少し前から眼をつけていた傘立ての中の子供用バットを抜きとり、振りあげて安直の後頭部めがけ、力まかせに振りおろした。

ぼこ。

鈍い音がして、おれの右腕は一瞬快感と罪悪感にしびれた。安直は直立不動の姿勢のまま、まっすぐ前に倒れ、あがり框《がまち》のかどに勢いよく額を叩《たた》きつけた。

「何するの」小古呂の妻が眼を丸くしてそう言い、へたへた、と玄関の間に尻《しり》をおろした。「あ、あんた、警官を叩き殺したのよ。えらいことになるわ」

「死んじゃいないだろう。せいぜい気絶しただけだ」おれはそう言いながら安直の腰から拳銃《けんじゅう》を抜き、小古呂の女房に銃口を向けた。

「おとなしくしろ。さあ、おれを手伝え。この警官を外へ抛《ほう》り出して、戸に錠をおろすんだ」

「ど、どうする気」小古呂の妻は息子を抱き寄せ、がたがた顫《ふる》えはじめた。

おれは彼らに銃口を向けたまま、苦労して安直のからだからホルスターつきのベルトをとり、自分の腰に巻きつけた。「さあ。早くしろ。こっちへこい。足を持て」

小古呂の妻はよろめきながら立ちあがり、三和土へおりてきた。おれは格子戸を開き、安直の衿《えり》を片手でつかみ、小古呂の妻に安直の両足を持たせ、哀れな警官のずっしりと重いからだを玄関さきの道路へひきずり出し、三和土へ戻って小古呂の妻に格子戸の錠をおろさせた。

「頼むから、わたしには何もしないで」彼女は両足をがくがくさせていた。

「いうことさえ聞けば痛いめにあわせない。さあ、家中の雨戸を全部閉めろ。電灯を全部つけろ」おれは靴のまま座敷にあがり、子供の肩をひき寄せ、小さな頭に銃口を押しあてながら小古呂の妻にそう命じた。

「子供には何もしないで」小古呂の妻が泣き出した。

「お前みたいな女でも、子供は可愛《かわい》いか。心配するな。それより、早く雨戸を閉めろ」

玄関の間の奥が六畳の座敷で、その向こうが裏庭に面した縁側である。小古呂の妻が泣きながら縁側を閉めはじめた。

玄関さきが騒がしくなってきた。格子戸を叩くやつもいる。

「どうした。どうした」

「どうかしたのか」

「おい。開けろあけろ」

「大丈夫か」

「どうしたんです。事情を教えてください」

「これはいったい、何ごとだ」

六畳の座敷に、この家には不似合いな三面鏡があり、その横のサイド・テーブルには電話が置かれていた。鳴りはじめた電話に、おれは子供を抱き寄せたままで近づき、あいかわらず子供の後頭部へ銃口を押しあてたまま、空いている方の手で受話器をとった。

「何か用か」

「今、そちらの家の玄関から頭の鉢を割られた警官がころがり出てきました」と、若い男の声がいった。「家の中で何があったのですか」

「あんたは誰だね」

「その家の前へ蟻《あり》のように蝟集《いしゅう》している記者のひとりですが、あなたは井戸さんですね。小古呂に、奥さんと息子さんを人質にされた」

「新聞記者に話すことは何もない」と、おれは叫んだ。「お前らは敵だ」

「わたしたち、あなたの敵じゃないですよ」

「そっちがそう思っているだけだ。記者は、犯罪に巻きこまれた人間すべてにとって敵なのだ。警察だって敵だ。しかし、警察となら話してもいい。警察にそう言っとけ」おれは叩きつけるように受話器を置き、おれの背後で立ちすくんでいる小古呂の妻に向きなおった。「他に出口や入口はないか。あったら全部閉めろ。窓は釘《くぎ》づけにしろ。便所の窓もだ。誰かが入ってきたら、お前と子供の命はない」

子供がおびえて泣きはじめた。

「子供をはなしてやって」小古呂の妻が、ワンピースのふくらんだ胸もとへ涙をぽろぽろ落しながら合掌した。「お願いです。小古呂の説得にでも、どこへでも行きますから」

「小古呂の説得だと」おれは怒鳴った。「なぜ最初からそれをやらなかった。今となってはもう遅いんだ」

おれは子供を突きはなした。子供は母親にとびついて泣きわめいた。小古呂の妻は息子を抱きとめ、おいおい泣きながら畳に膝《ひざ》をついた。

「逃げようとすれば、いつでも撃つからな」

母と子が、今さらのように互いへの愛情むき出しにし、見せつけるように抱きあったまま、ここぞとばかりいつまでも泣き続けるので、おれは舌打ちし、家の中を見てまわった。小古呂の家は平屋だった。窓の錠を全部おろしてからおれは便所の戸を開いた。

「や」

便所の小窓から入ってこようとし、胸もとでつっかえて四苦八苦している記者らしい男を見るなり、おれは拳銃を持ちかえた。

「ちょっと待ってください」

あわててそう叫んだ男の頭へ、おれは銃把《じゅうは》を叩きつけた。

「ぎゃっ」と、男は悲鳴をあげた。「やめてくれ。あやしい者ではない」

「そんなことはわかっている。あやしいのはこっちだ」さらに殴りつけた。

「なぜ警官に、あんなひどいことをしたのです」額へ血を流しながらも、記者は記者根性を失わず、おれにそう訊《たず》ねた。

だが、その記者根性こそ今やおれの敵なのだ。おれは黙れと叫んで彼の口へ銃把を叩きこんだ。記者はうがとわめき、折れた歯を西瓜《すいか》の種のようにばらばら吐き出してから窓の向こうへ落ちていった。

便所の窓を釘づけにするため、金槌《かなづち》と釘の所在を訊ねようとして六畳の間へ戻ると、親子が三和土におり、玄関の戸の錠をがちゃがちゃいわせていた。むろん、こっそり逃げ出すつもりなのである。今の今まで芝居気たっぷりに抱きあって泣いていやがった癖にと思い、おれはかっとなって天井めがけ拳銃をぶっぱなした。

ずがーん。

せまい家の中に猛烈な銃声が轟《とどろ》きわたり、おれの耳は一瞬じいんと鳴って何も聞こえなくなった。母親と息子があっちを向いたまま腰を抜かして三和土へべったりと尻を据え、立ちあがろうと焦《あせ》って格子戸を掻《か》きむしった。親子だけあってやることがよく似ていると思いながらおれは近づいていき、小古呂の妻の後頭部に銃口を押しあてた。

「殺す」

低い声でそういったとたん、小古呂の妻は失神して格子戸に額をぶちあてた。戸外がまた騒がしくなり、玄関前をうろうろしている記者たちの姿がガラス戸に映った。性懲《しょうこ》りもなく、どんどんガラス戸を叩くやつもいる。もう一発ぶっぱなしてやろうかと思ったが弾丸《たま》がもったいないので思いとどまり、おれはぐったりした小古呂の妻の、ずっしりと重いぐにゃぐにゃの肉体を座敷にひきずりあげた。子供は三和土ですわり小便をしていた。

また電話が鳴った。

「井戸さんですか」受話器の中からあわてふためいた百百山の声が響いてきた。

「そうだよ」

「安直の頭をバットと思える堅い棒で殴打《おうだ》し、へこませ、昏倒《こんとう》させたのはあなたですか」死ななかったらしい。

「おれだ」

「なぜそんなことをした」百百山の声が怒りではねあがった。「お、おれの部下に。何も悪いことをしていない、おとなしい善良な警官に」

「おれも、つい今しがたまでは善良な一市民だった。しかし、警官が容易に加害者になり得る如《ごと》く、一市民だって加害者になれぬことはない。今やおれはもう、兇悪《きようあく》な加害者になった」おれは単純な百百山が少しでもおれの行動を理解できるよう、ゆっくりと、嚙《か》んで含めるようにそういった。「小古呂と同じ立場に立ったためだ。わかるかね」

百百山が息をのんだ。「そんなことしたら、お前も犯罪者になってしまうんだぞ」

「だから言っただろ。今やおれも加害者だって」

畳の上に横たわったままの小古呂の妻が、すでに気がついていながらまだ気絶したふりをし、おれの声に聞き耳を立てていた。

「これ以上被害者であり続けるよりは、むしろ小古呂同様の加害者たらんとする道を選んだのだ。被害者であり続け、おろおろし、マスコミに泣きごとを訴え続けている方がはるかに楽だし安易でもある。しかしおれは被害者としての適性のない人間だ。だからおれはより困難なこの立場を選んだ。おれが好きでこの道を選んだのだ。だからあんたはとやかく言えまい」

「とやかく言う」と百百山は叫んだ。「それで事態が好転するとでも思うのか。君としては、家族を救うために自分は犯罪者になってもいいと考えたわけだろうが、それはかえって君の家族のためにならんのだぞ」

「まだわからんのかね。家族を救うということはおれにとって、今や第二、第三の問題になったのだ。加害者たらんと決心した時からだ。加害者であることが第一の目的になったのだ」

「む」百百山はことばに詰った様子でしばらく黙った。

「説得は無用だ」おれは先手を打ってそういった。

「教えてくれ。わしはどうすればいい」と、百百山がいった。「この、二カ所の現場及び二人の犯人とそれぞれ二人の人質を、別べつの事件として扱えばいいのかね。それとも同一の事件として扱おうか」

「あんたのすることを教えよう」おれは答えた。「同一の事件として扱えばよろしい。というのは、互いに対立する何人かの加害者が存在した事件は今までにもあった筈《はず》だし、たとえそうでなくても、そもそも犯人や犯人の家族や被害者や被害者の家族にとって、警察やマスコミは加害者だからだ。事件が起ればどうせ事件の関係者すべてにとって世間の人間すべてが加害者になる。もともと加害者と被害者の位置は容易に逆転し得るものだし、その区別はつきにくいものなのだ。わかるかね」

「わかるわかる。いや。わからん。いやわかる。あんたが何を言っているかはな。しかしあんたは、わしがどうすればいいかをまだ言っとらんぞ」

「そこは前線本部だろう。おれの家の近くに停めてあるパトカーの中だね」

「そうだ」

「じゃあ、そこにはおれの家との直通電話があるわけだ」

「それはまあ、あるが」

「この電話を、おれの家につないでほしい」

「む」百百山は絶句した。

「どうかしたかね」

彼はおそるおそる言った。「たとえあんたが家族の安全を守る義務を抛棄《ほうき》したとしても、こちらはやっぱり、あんたの奥さんと子供の生命を守り続けなければならない」

「それがどうかしたか」

「あんたと小古呂が電話で話しあった場合、あんたの奥さんと子供の身が危険にさらされる」

「喧嘩《けんか》するに決っている、というのか」おれはかすれた声で笑って見せた。「もし電話をつながなかった場合、ここにいる小古呂の女房と餓鬼の身が危険にさらされることになるんだぜ」

百百山は手続き上、おれがそう言って脅迫するのを待っていたようであった。

「そうか。では、しかたがないな」ほっとしたように彼はいった。「電話をつなごう。十分かそこいら、待ってくれ。ああ、それから」彼は咳《せき》ばらいをした。「その電話は盗聴してもいいだろうね」

おれはびっくりした。「するなと言ったって、どうせするんだろうが。警察の人間が、なんてことを言う。どうかしてるんじゃないか」

「そうかもしれん」ぼそぼそした声で百百山は言った。「馬鹿《ばか》なことを訊ねたもんだ。きっと、どうかしてるんだろう」電話を切った。

おれはスカートの裾《すそ》の乱れを気にしながらぶっ倒れている小古呂の妻の脇腹《わきばら》を蹴《け》

とばした。「失神したふりはもうやめろ。すぐに便所の窓を釘づけにしてこい。今度誰かが入ってきたら餓鬼を射殺する」

　脇腹を押さえて呻《うめ》きながら、小古呂の妻はのろのろと台所へ行き、金槌と釘をさがしはじめた。餓鬼はおしっこをしたといって泣きながら三和土《たたき》から這《は》いあがってきて、濡《ぬ》れたズボンを脱ぎはじめた。

「餓鬼のズボンとパンツはどこだ」おれは大声で台所へ叫んだ。

「自分で出せるでしょ。六郎」と、小古呂の妻がきいきい声で叫び返してきた。

「おしっこをした」餓鬼は泣き続けた。「ああ。おしっこをした」

　五分も待たぬうちにまた電話が鳴った。せきこんだ男の声だった。「き、き、貴様はだ、だ、だ誰だ」

「そっちからかかってきたんだぞ。誰だはないだろう」

「なな、ななな何を言うか。そっちからかかってきたんだ」

「まあ、どうでもいいや。警察が両方へかけてつないだんだろう。小古呂だな」

「そ、そ、そ、そうだ」

「おれは井戸だ。お前が立て籠《こも》っているその家の主人だ。わかるか」

「わ、わ、わ」

「わかるなら話を続けよう。今おれはお前の家にいる。あんたの女房と餓鬼を人質にして立て籠っている。その証拠に、餓鬼の声を聞かせてやる」おれは餓鬼に受話器をつきつけた。「出ろ。お前の親父《おやじ》だ」

餓鬼は受話器の中へ、お父ちゃん助けてと叫びながらせいいっぱい泣き声を送りこんだ。

便所の窓に釘を打っていた小古呂の妻がとんできて、餓鬼の手から受話器をひったくった。「あんた。なぜ脱獄なんかしたのよ。どうしてそんなことしたのよ。おかげでわたしたち、ひどい目に会ってるのよ。あんた、わたしや六郎の生活まで滅《め》茶苦茶《ちゃくちゃ》にする気なの」

思っていた通り、彼女は怒鳴りはじめた。説得、などというものではなかった。罵倒《ばとう》だった。罵《ののし》ったりすればどんな結果になるかが想像できないらしい。女の浅墓さを見る思いだった。

「何よ。えっ。まだ愛してるかどうかとか、そんなことはあとの問題でしょ。とにかくそこから出てきて頂戴《ちょうだい》。でないと、わたしたち、このひとからひどい目にあわされるのよ。ううん。もう、あわされてるわ。ええ。ピストル持ってるわ。ええ、ええ、ええ。愛してるわよ。しつこいひとねえ。愛してるから、早くそこから出てきてよ。再婚。そんなこと、どうでもいいじゃないの。六郎なら元気よ。さあ。早く出てきてよ。おとなしく」

同じことばかり叫び続けているので、おれは彼女の手から受話器をひったくった。

「わかったかね」

小古呂は呻いた。「くそ。おれの女房と子供をどうする気だ」

「お前がその家から出てきて警察に逮捕され、おれの女房と子供が無事であれば、どうもしない」ゆっくりと、おれはそういった。

「そんなことはできん」悲鳴のように、小古呂は叫んだ。「お、お、お、お、おれは女房と子供に会いたいからこそ脱獄した。こ、こ、こ、ここで出て行ったら逮捕されてまた刑務所へ逆戻りだ。お、お、お、おれは女房に直接会って話したいんだ」

「今、話しただろ」おれはせせら笑った。「あんたと直接会って話す気はなさそうだぜ」

「うぬ」小古呂は送話口へばりべりぼりばりという歯ぎしりを送りこんだ。「情夫《おとこ》がいるというのは、やっぱり本当だったか。そ、そ、そ、そ、そ、それなら尚《なお》さら刑務所へ戻るわけにはいかん。女房と会ってよく話しあい、思いとどまらせる。女房を、こ、こ、こ、ここへつれてこい」

「だめだ。お前がその家を出ろ」

「そ、そ、そ」

「そんなことはできないっていうのなら、お前の餓鬼を殺す。それから、お前の女房を強姦《ごうかん》する」

　きゃっと叫んで小古呂の妻が台所へとんで逃げ、そのあとを餓鬼が追った。

「き、き、き、貴様は、な、な、な、なんという兇悪なやつだ」と、小古呂が叫んだ。「そんなことをしたら、殺人罪だぞ。強姦罪だぞ」

「その通りだ」けけけけけけ、と、おれは笑って見せた。「おれのような真面目《まじめ》なサラリーマンに、そんなことできるわけがないとでも思うのか。真面目なサラリーマンがどれほど兇悪なものか、思い知らせてやるぞ」

「た、た、た、頼む」小古呂がおろおろ声を出した。「女房を犯すのはやめてくれ」

「では、おれの家を出ろ」おれは大声で怒鳴った。「今日中にその家を出るんだ。

でないと、お前の女房を犯す。餓鬼の見ている前で、この六畳の座敷で犯す。わかったな」がちゃん、と受話器を架台に叩《たた》きつけ、おれはにやりと笑った。

台所へ行くと、飽きもせず母と子がいやらしく抱きあって泣いていた。

「こら」おれは傍らの屑籠《くずかご》を蹴とばした。「いつまでめそめそしていやがる。早く飯の支度をしろ。会社から帰ってきたらいつもすぐ夕飯を食うのがおれの習慣だ。おれの女房の作る夕飯より不味《まず》かったら承知しないぞ。早く作れ」

「わたし、あの、夜のお勤めが」小古呂の妻はおずおずとそういった。どうせ行かせてはくれまいが、言ってみるだけでも言ってみようという根性である。

「ほう。行きたいかね」おれは彼女に一歩近づいた。

ひっ、と、咽喉《のど》を鳴らして彼女は息子と抱きあった。

「料理を作るのが嫌いらしいな。行きたきゃ行ってもいいんだぜ。そのかわり餓鬼を置いていけ。お前が戻るまでにおれが料理しておいてやる。餓鬼のお狩場焼ってやつをな」

ぎゃあ、と餓鬼が大声で泣き、また小便をした。

「わたし、行くのをやめます」

「あたり前だ」おれは流し台の包丁をとりあげて俎板《まないた》に突き立てた。「言わずもがなのことは言うな。さっさと料理しろ」

　きら、と、憎しみを眼の底にきらめかせてから、小古呂の妻は料理にとりかかった。

　また、電話が鳴った。小古呂からに違いないので、おれは餓鬼の腕をつかみ、電話の傍までつれてきてから受話器をとった。

「女房はどうしている」しばらく黙ってこちらの気配をうかがったのち、小古呂はそう訊《たず》ねた。

「今、飯を作ってくれているよ」

「飯ができたら、どうするんだ」

「もちろん、三人で食べるのさ。お前の女房と、お前の餓鬼と、おれの三人、この六畳の座敷で、おれたちのことを放送しているテレビを見ながらな」

「む。そうか。ようし。ではこっちもそうしてやるぞ。くそ。で、それからどうするんだ」

「それから、まあ、ほかにすることもないから寝ることになるな」

「寝、寝、寝、寝」

「そうさ。寝るのさ」

「ど、ど、ど、どうやって寝る」

「どうやってといったって、寝るためにはつまり、布団《ふとん》を敷くわけだ」

「ふ、ふ、ふ、布団を敷くのか」

「そうさ」

「さ、さ、さ」

「ああ。そうだよ。三人一緒に寝るのさ。おれだけ玄関の間に寝たりしていて、逃げられちゃたいへんだからな」

小古呂はまた、黙ってしまった。

おれは笑った。「心配するな。明日の朝まではあんたの女房の貞操を保証してやるよ。そのかわり明日の朝になってお前がまだおれの家から出ていなければ」

「待て」と、彼は叫んだ。「よ、よ、よく考えてみたら、おれは何もお前に脅迫されてばかりいる必要はちっともなかった。おれだって、お前の女房と餓鬼を人質にしているんだ」

「だからどうなんだね」

「おれの妻と子供をすぐここへつれてこないと、お前の女房を犯す」

「気をつけて口をきけ」おれは唸《うな》るようにいった。「そういう言いかたをされるだけで、おれはかっとなるんだからな。そんなことしたら、ためらいなくお前の餓鬼をぶち殺すぞ」

しばらく口ごもってから、小古呂は気弱げに言い返してきた。「お前にそんなこと、できるわけがなかろ」

彼がそういった途端、おれは餓鬼の腕をねじりあげた。ぎゃあ、と、餓鬼が野良《のら》猫のような悲鳴をあげた。

「何を、何をした」仰天した小古呂が声をはりあげた。

「殺せるか殺せないか、やってみようか」ひひひ、と、おれは笑った。「次は首を絞める」

「や、や、や、や、やめろ。やめてくれ。くくくく、くそ。よよよよよよよくもよくもよくもよくもおれの子供を苛《いじ》めてくれたな」小古呂は泣いていた。

「ようし。てててててて手前《てめえ》の餓鬼もいじいじ苛めてやるぞ」がちゃ、と、オルゴールの上へ乱暴に受話器を置いた小古呂がうおうと吠《ほ》えた。

ママ、助けて。やめて。やめてください。そう叫ぶ妻と息子の声が、オルゴールの奏《かな》でる白鳥の湖の彼方《かなた》でかすかに聞こえた。ごき、と、いやな音がした。無意識のうちに、おれは餓鬼の右手の小指をへし折っていた。餓鬼がけたたましく泣きわめき、傍に立ってはらはらしながら見ていた小古呂の妻が六郎と絶叫しておれの手から息子をかっさらった。「どうだ。お前の餓鬼の頭を、ちちちちち力まかせにぶん殴ってやったぞ」

鼻息荒く滅茶苦茶に興奮した小古呂の声に、おれはおっかぶせた。「そうかい。こっちは今、お前の餓鬼の小指をへし折ったところだ。ほら。聞こえるだろ」

おれは狂ったような遠吠えを続けている餓鬼と、六郎六郎しっかりしてと連呼する小古呂の妻に受話器を近づけた。

「すぐに医者を呼んでやってくれ」小古呂が泣きわめいた。

「お前がその家を出ればな。だから気をつけて口をきけといっただろう。おれはすぐ、かっとなるんだ」

約五分間、小古呂は送話口へ泣き声とわめき声を交互に送りこんだ。そしてついにわめき過ぎて反吐《へど》を吐き、受話器を置いてしまった。

六郎に医者を呼んでやってくださいといってとりすがる小古呂の妻を張りとばし、殺されなかっただけでも有難く思えといってわめき散らしているところへ、百百山から電話がかかってきた。

「全部盗聴させてもらったがね」と、彼はいった。「エスカレートさせているのは、君の方らしいな」

「ヘゲモニイを握っているのは、と、言ってほしいね」

「子供の指をへし折ったそうだが、医者を行かせるので家に入れてやってほしい」

「駄目だ」怒鳴った。「その医者が刑事の化けた医者でないという保証がどこにある」どうせだらだらと説得を続ける気にきまっているので、おれはすぐに受話器を置いた。

割り箸《ばし》と包帯で息子の折れた指の手当てをしてやってから小古呂の妻は、さらに泣き続ける餓鬼に大量の鎮痛剤を服《の》ませた。餓鬼は、鎮痛剤の副作用で眠ってしまった。

夜になり、おれと小古呂の妻はテレビでやっているおれたちのニュースや特別報道番組を見ながら晩飯を食べた。やけに隣家が騒がしいと思っていたのだが、現場中継を見てその原因がはじめてわかった。この家の隣りの韓国人が、自分の留守中、家を記者団の取材本部にされてしまい、無料でさんざ電話を使われたことに抗議して騒いでいるのである。家から記者たちを追い出してからも彼はまだ妻を罵り続け、ヨギメンナカスミダなどと叫ぶ彼の声は壁越しにいつまでも聞こえていた。

テレビはおれを、小古呂に比べやや同情的に扱ってはいたものの、それでもやはりアナウンサーはおれのことを「井戸」などと呼び捨てにし、はっきり犯罪者として扱っていた。テレビ・スクリーンは何度も二軒の家を交互に映し出した。おれのいるこの小古呂の家の前には、小古呂が立て籠っているおれの家の前と同様、何台もの投光器が据えられ、玄関に向けて照射されていた。そのため家の中では、玄関の間と六畳の間を仕切っている襖《ふすま》を開くと、六畳が昼間のような明るさになった。

警察や報道関係者や野次馬などの人声は、十一時を過ぎてやっと静まり、おれと小古呂の妻は餓鬼を中にはさんで寝ることになった。しかし当然のことながらなかなか寝つかれず、おれはじっとしていることに耐えかねて小古呂の妻の布団に這《は》いこんでいき、ついに彼女を犯してしまった。本来ならば今日は妻を抱く予定だったのである、じゃによって責任上お前が妻のかわりをしろといって迫ると、貞操観念などさほど持たぬ様子の小古呂の妻は抵抗もせず、ふた言み言ぶつぶつと何ごとかつぶやいてから、比較的あっさりとおれに身をまかせた。今頃はおれの妻も、小古呂によってこうして犯されているかもしれないと想像すると、なぜか滅茶苦茶に興奮し、おれは早早に洩《も》らしてしまった。

翌朝、起きてすぐおれは電話をした。犯人同士に話をさせると話が発展的でなくなると警察上層部が判断したためか、百百山はもう小古呂に電話を取り次いではくれなかった。しかし彼の話で、小古呂がまだおれの家を出ていないことがわかった。おれは、小古呂に渡してほしいものがあるから便所の窓の下へ警官をひとり寄越《よこ》してくれるよう百百山に頼み、受話器を置いた。エスカレートの次の段階にさしかかったぞと、そう思い、おれはエスカレートさせる決心をした。決心するのは辛《つら》かったが、それをやらないとおれの行動の意味がなくなってしまうのである。そしておれは、小古呂の息子の小指を根もとから切断した。その小指は昨夕おれが骨をへし折った右手のあの小指だった。おれが台所で出刃包丁を握り小指切断を宣言すると小古呂の妻と息子は土下座して泣きわめいた。しかしおれは容赦しなかった。ダイニング・テーブルへ力まかせに押さえつけた餓鬼の右手から小指を切りはなすと餓鬼は気絶した。錯乱状態になってけたけた笑いはじめた小古呂の妻が、切断面の止血をながい間しなかったため、血が台所の床を大量に流れた。小指から血をしぼり出し、紙封筒に入れ、おれは便所に入って昨日打ちつけた釘《くぎ》を抜き、小窓を開けた。窓の下にはひとりの警官が直立不動の姿勢で立ちすくんでいて、おれを見るなり何やら説得らしき幼稚な言辞を弄《ろう》しはじめたが、おれは黙って彼に封筒を渡した。警官の数メートルうしろにいる三人のカメラマンがこちらにレンズを向けていた。

「六郎君の小指を警官に渡す井戸」といった新聞の写真説明をおれは想像した。数分後、封筒の中味を見て仰天した百百山が電話をしてきて何ごとかわめき散らしたがおれはもはや聞く耳を持たなかった。だいたい聞く耳を持っていればこんなことをする筈《はず》がなかった。さっきの警官といいこの百百山といい、警察の人間がなぜそんなことぐらいわからないのかと不思議だったが、おれはただ封筒を必ず小古呂に渡すよう再度頼んだだけであった。そして警察がそれを小古呂に渡すであろうことを確信した。警察やマスコミを含めた世間全体のサディズムがおれたちの争いの激化を見ずには納まらぬ筈であった。朝刊は配達されず、その日の夕方になっても夕刑は来なかったが、子供の指を切断するという残虐《ざんぎゃく》行為のためにテレビを見た限りではおれは今や小古呂以上の兇悪犯《きょうあくはん》として取沙汰《とりざた》されていて、それがおれを安心させた。あの小指を見た小古呂が怒りに逆上し、仕返しにおれの息子の小指を切断しようとしている情景を想像するたび、おれもまた怒りに顫《ふる》え、その怒りは警察やマスコミなど世間に向けられ、おれはそのたびに便所や台所の窓から外界を眺め、こちらへ近づこうとしている人間を発見してはそいつめがけて発砲した。たいていは当たらなかったが、一度だけマイクを持ったアナウンサーの足に命中した。彼は地べたに転がり、今までの冷静さと端正さをかなぐり捨てて、マイクへ荒っぽい悲鳴をぶちまけた。小古呂の息子は昼過ぎに意識をとり戻してからずっと激痛に泣き叫び、畳の上を海老《えび》のようにはね続けた。もはや大量の鎮痛剤投与も効果はなく、その鎮痛剤さえなくなりかけていた。小古呂の妻はときどき自我を見失って痴呆《ちほう》じみた歌謡曲を鼻でうたったり、眼を吊《つ》りあげてへらへらと笑ったりした。そして正気に戻るたび、荒れ狂う息子を抱きしめて泣いた。今やおれははっきりと、自分が被害者ではないことを確認した。おれと小古呂は互いに加害者であるというだけで、被害者ではなかったし、警察やマスコミを含めた世間は、もはやおれと小古呂に対して加害者ではなく、新左翼学生の内ゲバに対すると同様いわば傍観者になってしまい、時には被害者的立場にさえ立たなければならなくなったのだ。その世間でさえ、おれにはすでにどうでもよくなりかけていた。おれにとっての外界とは今では小古呂やおれの家族のいるおれの家だけであり、世間などというものはその外界への連絡に利用すればいいだけのものだったのだ。その夜もおれは、激痛のため眠れず泣き叫び続ける餓鬼の横で小古呂の妻と交わった。小古呂の妻もいったん正気に戻れば炊事だの洗濯だの性行為だのといった単純な日常茶飯事に走らざるを得ないらしく、その夜はあっちから激しくおれを求めてきた。できるだけ行為をながびかせるため気をまぎらせようとしておれは彼女を抱いている最中に天井めがけピストルをぶっぱなしたりもした。轟音《ごうおん》が静まり返った深夜の町内に相当大きく響きわたった様子で、隣家の韓国人の妻の哀号《あいごう》という叫びが壁越しにはね返ってきた。発砲は単に射精を早めるだけであるという事実を学んだその翌朝、小古呂が依然おれの家に立て籠《こも》ったままであることをテレビで知り、おれはすぐに餓鬼の右手の薬指を切断した。小古呂の妻は、貧血を起して倒れた息子を抱いたまま、もはや泣きも笑いもせず、眼をうつろに見ひらいているだけだった。百百山に電話をして呼び寄せた警官に薬指をことづけてから数時間ののち、その日の昼過ぎになって今度は百百山が、小古呂からことづかっているものを届けるので台所の窓へ警官が近づいても発砲しないようにという電話をしてきた。警官が持ってきたのは、思っていた通りおれの息子の小指だった。案の定小古呂はおれの挑発に乗ったのだ。すべてはおれの思い通りに進行していると思い、ほくそ笑みながらおれはさっそく、今度は餓鬼の右手の中指を切断した。餓鬼の、もはや意識を失いかけている白い顔を見て、おれは自分の息子も現在この餓鬼と同様の目にあわされていることに気がつき、そのあまりの哀れさといたいたしさに、出刃包丁を振りおろしながら思わず射精をした。世間への怒りは、警察を単に指の配達人の位置にまで貶《おとし》めたことにより、やや薄れていた。あとは加害者になり切ろうとする己れのストイシズムの維持だけが目的であり、それを維持し続けている間だけは不快を感じないですむ筈だという、自己の快感原則への自信だけがあった。おれは自己の快感原則に忠実に、正気を失った小古呂の妻と、真昼間から、出血多量で意識不明のまま生死の境をさまよっている餓鬼を横眼に交わり続けた。夜になっても交わり続けた。おれの息子の薬指が届けられたのは翌朝であった。さっそく餓鬼の人さし指を切断したが、もう、血はあまり出なかった。その人さし指を配達係の警官にことづけて三時間ののち、餓鬼は死んだ。死体は家の中へ、そのままにしておいた。まだ次つぎと切断すべき指が六本残っていたし、その指が死体から切り離されたものかどうかは小古呂にはわからない筈だった。それから毎日、小古呂とおれは互いの息子の指を一日に一度か二度、警官にことづけてやりとりした。この状態ではすでに子供たちは死んでいるものと想像できるなどとテレビが報道したのは、餓鬼の指が残り二本になってしまった時であった。冷蔵庫の中には食べものがなくなってしまい、罐詰《かんづめ》も底をついたので、おれと小古呂の妻は餓《う》えはじめていた。子供の死体を食べようかとも思ったが、それはやめた。人間の肉だからやめたのではない。腐りかけていたからだ。小さな死体の指をすべて切り落したため警官にことづけるものがなくなり、次におれは小古呂の妻の右手の小指を切り落した。おれが小指を切り落そうとしているその女が自分の妻なのか小古呂の妻なのか一瞬わからなくなったりもしたし、小指を切断されたあとの右手を悲しげにじっと見つめる小古呂の妻に、同じ境遇の自分の妻の姿を見て興奮し、挑みかかったりもした。おれは静かな狂気に陥っている小古呂の妻と常に交わり続ける必要があった。自らが狂気に蝕《むしば》まれないためであった。おれのやった行為をすでに狂気の沙汰と判断している世間の人間の見かた、考えかたとはまるで違う真の狂気がやってくることをおれは恐れた。やがておれの妻の小指が小古呂から届いた。おれはすぐ、小古呂の妻の右手の薬指を切り落した。ふたたび、互いの妻の指のやりとりが始まった。小古呂の妻は右手の指が全部なくなるとほとんど同時に絶命した。もう、おれの妻も息子もこの世に存在しないことははっきりしていた。あとに残ったのはおれと小古呂と、そして世間であった。その世間さえ、次第におれたちから遠ざかっていった。テレビはおれたちのニュースをやらなくなり、家の周囲からは警官や報道関係者や野次馬の姿が消えた。ただ、一日に二度か三度、まるで郵便配達のように、あの指の配達係の警官がやってきた。彼も、自分が何をしているのか次第にわからなくなってきた様子で、時おりもの問いたげに小首を傾《かし》げ、台所や便所の窓の下からじっとおれの顔を見つめたりした。だが、彼に渡す指がなくなってしまったその日から、その警官さえあらわれなくなった。衰弱して力が入らなくなった手でゆっくりと受話器をとり、おれは耳に押しあてた。やがて、電話に出たのは、百百山ではなく、小古呂だった。警察はおれと小古呂を勝手に争わせておくことに決めて引きあげ、電話を直通にしてしまったのだ。なかば正気を失っている様子の小古呂の声を聞き、おれは自分がまだ正気でいることに誇りを感じた。優越感とともに、おれは宣言した。
「さあ。次はおれの小指を切るからな」

（「オール讀物」昭和五十年十一月号）

空飛ぶ表具屋

1

ウミネコが鳴き、シギが飛び立った。

「あそこで考えこんでいるのは、またしても桜屋のぼんくらか」

「そうとも、そうとも。鳥に心を奪われた、あれぞ名高い浮田の気ちがい息子」

「鳥に生れたくて生れ損い、人間に生れて空を飛びたがっている馬鹿《ばか》息子よ」

「わはははははは」

金蔵を中心とする百姓の倅《せがれ》たちが、干拓地に立つ幸吉を指さして、笑いながら堤を駈《か》けていく。

幸吉は知らん顔で、干潟《ひがた》や水田にやってくる鳥たちの動作を、飽きもせず観察し続けていた。腹の底には、いつまでたっても走りまわる以外の遊びかたを考え出そうとしない、餓鬼大将のままの金蔵やその仲間たちへの侮蔑《ぶべつ》感が、黒く大きく膨《ふく》れあがっていく。

それはもちろん、ずっと幼い頃の幸吉にとってこの干拓地は、やはりいい遊び場所に違いなかった。よその子供たちと毎日のように走りまわったものである。いったいいつ頃から、ひとりでじっと考えこむようになってしまったのか、幸吉自身にはどうしても思い出せないが、とにかく最近では、同年輩の少年たちと遊ぼうとしても、彼らの子供っぽさがやりきれなくて、どうにも我慢できない。

「しかしまあ、あいつらの方にしてみれば、おれのことを、いつまでたっても子供っぽい夢ばかり見ている馬鹿と思っているのだろうが」彼はそう考え、やっぱり自分は皆がいうように、よその子供と比べてだいぶ変っているのかもしれないとも思ってみる。

「だが、しかたがない。こうして鳥を見ている方がずっと楽しいんだから。そして」彼は悲しげにかぶりを振った。「そして、人には言えないが、自分が空を飛ぶことを空想している方がずっと楽しいんだからな」

「空を飛ぶ」ことに関して人前で喋《しゃべ》ったために、犯罪者を見る眼で見られたり、気ちがい扱いされた経験は、いやというほどあった。そして、「飛ぶ」夢は自分ひとりのものにしておかなければならないのだと悟った時、幸吉はまだ十一歳の少年に過ぎなかったのである。

備前児島《こじま》郡の八浜《はちはま》、幸吉はここで生れた。

八浜というのは、岡山水道から入って、ぐるり鉤《かぎ》の手に児島半島へ食いこんだ児島湾のいちばん奥にある小さな町である。

幸吉の家は桜屋という大きな旅館で、彼の父は表具師としてもよい腕を持っていたらしい。また桜屋は八浜でも有数の資産家で、しかも名家だった。

「鳥人浮田幸吉考」を書いた竹内正虎《まさとら》の考証によれば、宇喜多秀家《うきたひでいえ》が関ヶ原で敗れた後、各地に離散した岡山城下の武士たちの一人が桜屋の先祖であるという伝説もあるそうだ。浮田姓を名乗っていたのも、そのためだという。

幸吉が生れたと推定される宝暦の中ごろ、つまり西暦一七五六、七年頃には、すでに児島湾の沿岸で海面干拓が盛んに行われていた。干拓地には当然、いろんな鳥が飛んでくる。チドリ、シギ、アジサシ、カモメ、カモメの一種であるウミネコ、冬になると、やはりカモメの一種であるユリカモメ、俗にいう都鳥もやってくる。

幸吉は幼い頃からこれらの鳥を見て育った。「鳥のように空を飛びたい」という想《おも》いはこの頃から、彼の胸に育《はぐく》まれていたのかもしれない。

広い邸宅や大きな旅館を持っている金持ちの息子である。子供の世界とはいいながら、当然とりまきも多い。だがその一方では、大人たちから坊ちゃま、坊ちゃまと呼ばれ、いつもいい着物を着ている幸吉に、嫉妬心《しっとしん》から強い反感を抱く子供たちもいた。水田農業をやっている百姓の伜の金蔵などは、特に幸吉を憎み、常に彼を迫害した。幸吉がおとなしいため、なおさらいい気になって苛《いじ》めたのである。

だがその金蔵もさすがに最近では、幸吉の家柄のよさに遠慮してか、名家の権勢を恐れてか、暴力を振るうということはなくなった。そのかわり、これなら大人たちと一緒になって大っぴらに冷やかせるというので、しきりに幸吉の夢想癖を嘲《ちょう》笑《しょう》するのである。以前は幸吉に媚《こ》びていたとりまきの子供たちも、彼のする気ちがいじみた話に愛想を尽かし、みんな離れていってしまった。

「なぜ、空を飛ぶことを考えるのが、そんなにおかしいのだ」暮色が迫ってきた干拓地から堤へ登り、わが家に足を向けながら幸吉はそうつぶやいた。「空を飛びたいと思ったことのない人間はいない筈《はず》だぞ。餓鬼の頃なら誰だって一度は考えることじゃないのか。大人になれば、本当にそんなことは考えなくなるのだろうか。それとも、夢には見ても、世間態《てい》が悪いために黙っているのか。しかし、誰かがやらなきゃ、人間はいつまでたっても虫みたいに地面にへばりついたままだ。それじゃあ、駄目なんじゃなかろうか。だって、工夫さえすりゃ、飛べることは確かなんだものな」

人間は飛べる。

幸吉はすでに、確信を持っていた。

「鳥は飛ぶ。煙はのぼる。凧《たこ》だってあがる。どうして人間が飛べないと断言できるのだ。おれは飛んでやるぞ」

四十年ほど前、人形芝居の竹田出雲《いずも》が、精巧な機械仕掛けの鳥を作って飛ばしたという話を、幸吉も聞いていた。それならそれと同じ仕掛けの、少し大きい目のものを作ってこれに人間が乗れば、これはもう理屈からいって当然空を飛べる筈ではないかと、その話を聞いて以来幸吉はずっとそう思っていた。

幸吉には残念ながら機械《からくり》の知識がない。だからそれをどうやって作っていいかわからない。しかし彼は、もっと簡単な飛行器具を考えついていた。

凧である。いや、凧と同じ材料で作った翼である。

彼は父親から表具の技術を学んでいたので、このころすでにいっぱしの表具職人であった。家には商売ものの紙や竹がたくさんあり、凧を作る材料にはこと欠かないし、だいたい六、七歳の頃から幸吉は、手製の凧を作り、障害物のない広い干拓地で近所の子供たちと共に揚げて遊んでいたくらいである。恰好《かっこう》さえ思いつけば、どんな大きさであろうと作るのは簡単だった。

彼は宏壮《こうそう》な自宅の一隅にある、それまで物置部屋に使われていた板の間を、父親の許しを得て仕事場にしていた。彼は四、五日前からここでこっそりと凧様の巨大な翼を作っていたのである。

骨格はもちろん竹であって、これで底辺が五尺ほどの二等辺三角形をふたつ作り、即ちこれが左右の翼である。さらにあちこちへ竹の筋交《すじか》いを入れて補強し、渋紙を貼《は》り、腕を縛りつける紐《ひも》を竹にゆわえつければ出来あがりというわけで、これはすでに一昨夜、完成している。

だが幸吉はなおも大事をとって、しばらくは実験飛行にかからず、終日干拓地で鳥の翼の動きを観察し続けていた。羽ばたきかたを鳥から学ぶためである。

その日も仕事場に戻るなり、彼は両腕に翼を結びつけ、羽ばたく練習をはじめた。羽ばたくたび浮上感が味わえ、これは幸吉をより夢中にさせた。

「うん、大丈夫。これなら大丈夫」自分の反復する単調な動作に酔い、恍惚《こうこつ》とした表情で彼はそうつぶやいた。「よし。明日だ。明日こそ飛んでやるぞ」

2

「あれま坊ちゃま、何をなさいます。滅相もない。空を飛ぶなどと、そのような、め、滅相もない。おやめください」

女中、というより、もうばあやといっていい歳《とし》のお伝が、けんめいに幸吉をとどめていた。

幸吉はすでに両腕へ手製の翼をくくりつけ、裏庭を見おろす二階の手摺《てす》りへ登っている。

お伝はその幸吉の腰をうしろからしっかりと抱き、悲鳴まじりの大声で叫び続けた。

「誰か。誰か来てください。大変です。坊ちゃんが、坊ちゃんが。あの二階から。

早く来てください。あの、坊ちゃんがあの、二階から飛びます。いえ、あの、落ちます。危ない」

「馬鹿っ。誰が落ちるもんか。大丈夫、飛べるのだ。安心しろ。こら、お伝、はなせ。そこをはなせ」幸吉もさっきから、身をゆすって叫び続けていた。両腕に巨大な翼がついていて自由がきかないため、彼女の手を振りほどくことができない。

「いいえ、はなしません。はなしません。おやめください。お伝一生のお願い。あっ。危ない」お伝は二階の座敷へ仰向《あおむ》けに倒れた。

幸吉が彼女を、力まかせに足でうしろへ蹴《け》とばしたのである。

お伝がいそいで立ちあがろうとする間に、幸吉は二度、三度と羽ばたいた。飛ぶ前に二、三度羽ばたくことを、鳥の動作から学んでいたためである。そして彼は、手摺りを蹴った。

だがそれは一瞬のことだった。晴れわたった青空、遠くに見える児島湾、庭を囲んでいる黒塀《くろべい》、庭の木木の繁《しげ》み、小さな泉水、それらの風景がくるりと頭上へ、裏返るように消え去った。

幸吉はまっ逆様に墜落した。

3

「そのまま進入せよ」という管制官からの指示があった時、機長の森保男《やすお》は、そのままだと通常よりやや高い高度のままで進入することになると思い、少しためらった。

松山空港は第二種空港である。滑走路の長さが一二〇〇メートルしかない。これは、彼が今操縦しているYS11型の安全滑走距離ぎりぎりの長さでしかない。

案の定《じょう》、着地したところは滑走路の末端から約四六〇メートルのところだった。これでは機が停止するまでに滑走路をとび出してしまう。

「着陸復行をやるぞ」接地寸前、すでに森機長は副操縦士にそう告げていた。

約一六〇メートル滑走したのち、機はまた飛び立った。すぐに着陸復行をやるつもりだったため、森機長は通常より小さいめの角度で上昇し、そのまま松山沖に出た。

「おや」という表情が、四十五人の乗客の顔に浮んだ。

たしかに一度、ごと、という音とともに軽い着陸の衝撃があったのだ。何故《なぜ》ふたたび離陸するのか。

　彼らは不安げに窓外を眺めた。

　機内は、はなやかな色どりにあふれていた。乗客四十五人のうち、十二組のカップル、つまり二十四人は、新婚旅行客だったのである。

　離陸して一分ののち、機は松山空港から二・五キロの沖に出ていた。

「高度七〇メートル」と、副操縦士が告げた。

「よし。左へ旋回する」森機長がそういった。

　ふつう、旋回は二〇〇メートル以上の高度で行うことになっている。だが森機長は着陸復行決断の時機が遅かったことを悔み、多少あせってもいた。彼は左旋回を強行した。

　機は失速し、まっ逆様に墜落した。

　ほんの数秒、悲鳴が機内に満ちた。女乗客やスチュアデスの細く鋭い叫喚。野獣の咆哮《ほうこう》のような男たちの絶叫。

　海面へつっこむなり、機は大破した。

　大阪から松山へ向った全日空の定期航空533便の乗員、乗客計五十名は、全員死亡した。

昭和四十一年十一月十三日、時間は午後八時二十八分ごろであった。

4

むろん、幸吉が墜落した原因は「失速」などといった、高度な航空技術にともなう現象ではない。しかし幸吉は彼なりに、その後も墜落の原因をさまざまな角度から考え続けていた。

「地上に近いところでは空気の動きが少ない。だからいくら羽ばたいたところで、空気そのものに翼をもちあげる力がなかったのではないか」

「もっと、ひろびろとした場所でやらなければならなかったのだ」

「おまけにおれは、二階から飛んだ。当然、追い風もなかったわけだ」

「あれで追い風があれば、あのまま前へ飛んでいたかもしれんぞ」

「とにかく、おれは一瞬にせよ、ふわりと浮んだのだからな」

彼にはあの時のすばらしい浮游《ふゆう》感が忘れられなかったのである。あれは思い出すたびに、文字通り身が浮き立ちそうになる体験であった。

庭の灌木《かんぼく》の繁みの上へ墜落したため、彼の怪我《けが》はたいしたものではなかったが、翼は滅茶苦茶《めちゃくちゃ》に壊れてしまった。だが幸吉はそれを惜しいとは思わなかった。失敗の原因をとりのぞいた、より精巧な翼を作るつもりだったからである。

ただ、彼がいちばん困ったのは、かんかんに怒った父親から、翼を作ったり飛んだりすることを固く禁じられてしまったことである。

幸吉が二階から裏庭へ墜落した時、父親は折も折その裏庭に面した一階の座敷で来客と雑談中だった。二階で女のかん高い声がし、続いてどたばたと騒ぎが起った様子に、何ごとかと立ちあがった父親と客の眼の前へ、爪と唐傘《からかさ》のあいの子のようなものを背負い、ばさばささと気味の悪い音を立てて人間が落下してきたのである。

これは誰でも驚くわけである。客は腰を抜かし、畳に尻《しり》を落して叫んだ。「わ。て、て、天狗《てんぐ》」

幸吉の父親もやはりそう思い、顔色をなくして奥座敷から玄関まで逃げた。

その時の驚愕《きょうがく》がはげしかっただけに、天狗の正体が息子と知った時の怒りも並み大抵のものではなかったのである。

「なんたる大馬鹿者《おおばかもの》。大それたやつ。うう。せ、世間を甘く見おって。十一歳にもなってそれくらいの分別がつかんのか」母親と女中に打ち身擦り傷の手当てを受けながらまだうーうー呻《うめ》き続けている幸吉に、父親は声が掠《かす》れるほど怒鳴りつけた。「さいわい客は親戚《しんせき》の者だったから、くれぐれも他言せぬよう言い含めておいた。だがもしこれが他人《ひと》さまの耳に入ったらどういうことになると思うのか。お前が狂人扱いされるだけではすまんのだぞ。家人まで責めを受け、村を追われるのだぞ。ましてや、お役人に知られたらどうなると思う。このような異端のことを試みたことがわかったら、子供とはいえ、流罪《るざい》だぞ。いやいや。打ち首だ。そうに違いない。親兄弟、親戚にまで迷惑をかけることになるのだぞ。もちろん鳥の真似して空を飛ぶなどは幕府の固いご禁令に触れるもの。それくらいは承知しておったのだろうな。どうなのだ。ええい唸《うな》っておってはわからん。なんとかいえ。この馬、馬、馬鹿者めが。だいたい人間に空が飛べるなどと思っておるのか」

幸吉は仕事場をとりあげられてしまった。

そして数年。

幸吉は十八歳になった。

それまでの間ずっと、彼が空を飛びたいという気持を抱き続けてきたのはむろんのこと、今では少年時代に作ったあの幼稚な翼などとは比べものにならぬほどの複雑な飛行器具を、彼は頭の中にがっちりと組み立てていたのである。

彼にとって、幕府の禁令などといったことはものの数ではなかった。これは彼が裕福な家庭に生れ、世間の風から守られて育ったためだったかもしれない。とにかく現在の幸吉にとって最も恐ろしいのはただひとり、父親だけだった。

「とにかくこの窮屈な親の家を出て、早く独立しなければならん」彼はそう思った。

「そうでもしないことには、いつまでたってもあれを作ることができない」

墜落事件以来、幸吉の行動には家人の監視の眼が光っている。さすがに今では表具もやらせて貰《もら》え、家の中に仕事場もあたえられてはいるが、すべて父親はじめ家人の眼の届く場所での行動しか許されていない。それはたしかに七年間、空を飛ぶことなどけろりと忘れてしまったように振舞ってきた甲斐《かい》はあって、今では彼がまだそんなことを考え続けていようとは誰も思わなくなっている。だが、ふたたび彼が自分の仕事場へとじこもり、人を寄せつけなくなった時は、七年前のことをまだ忘れてはいない家族や奉公人たちに、たちまちあやしまれるであろうことは眼に見えていた。例のお伝などは今でも、ちょっと幸吉が仕事場にひとりでいると、心配して覗《のぞ》きにやってくる。

家人の誰もが納得するような、家を出る口実を、なんとかして見つけ出さなければならない、幸吉はそう思い、けんめいに考えた。

独立して表具屋の店を出したい、ただそう言っただけではとても許してもらえそうになかった。父の表具師としての腕がまだ衰えていない以上、同じ八浜に店を出したところで、息子の幸吉の方へ仕事を持ちこんでくる者が大勢いるとは思えなかったし、第一、幸吉の腕をまだ未熟と思っている父親から、わしの仕事をもっと見習えといわれるにきまっていた。

「ようし。嫁を貰おう」彼はついに、そう決心した。「所帯を持つ、ということなら、父親だって許してくれる筈《はず》だ。十八で嫁を貰っているやつは、ざらにいるからな」

それでも、まだ嫁をとるのは早いと言われて一笑に付されるおそれは充分あった。父親が十七で嫁をとった事実を指摘したところで、いったん駄目だと言い出したらきかぬ頑固者の親父《おやじ》である。やはり万全の策が必要だった。

幸吉は、八浜の豪農の末娘で今年十六歳になるお台を妊娠させてしまおうと考えついた。

お台は四年前から金蔵の許婚者《いいなずけ》である。その頃のことだからこれはもちろん親同士が決めたことであって本人たちの意志には関係がない。もっとも、お台は八浜でも評判の可愛《かわい》い娘であり、金蔵はどちらかといえば醜男《ぶおとこ》の部類に属する青年である。おまけにお台は、末娘とはいいながらもその親は豪農。当然、金蔵の方に否《いな》やはない。有頂天である。ところがお台の方では野卑な金蔵が大嫌いで、最近では毎日泣いている。幸吉はそれを知っていた。

少年時代から、幸吉はお台に好意を持っていた。可愛らしさもさることながら、幸吉の夢物語をまともに聞いてくれた唯《ただ》ひとりの相手だったからである。まだ十歳にもならぬ娘が、家柄のよい幸吉の嫁になれることを願って機嫌とりをしたとは、彼には考えられなかった。あれはやはり純粋な好意だったのだろう、幸吉はそう思った。

話さなくなってから約十年にもなるため、今でも彼女が自分に好意を持ってくれているかどうか、幸吉にはわからない。しかし彼は、今となってはお台が自分の家柄や財産に充分惹《ひ》かれる筈と思っていたし、自分がどちらかといえば美男の範疇《はんちゅう》に属していることも自覚していた。彼女を誘惑することには十二分の成算があったのである。

付け文するなり、待ってましたとばかりにお台は指定の場所へやってきた。彼女にしてみれば今や金蔵以外の男なら誰でもいいとまで彼を嫌い抜いている。誰か自分を金蔵から奪ってくれないかと心から願っているところへ、付け文してきたのが八浜でも有数の資産家、桜屋の長男である。これにのらぬということはない。

じつはお台が少年時代の幸吉の話をおとなしく、腹の底では馬鹿にしながらも聞いてやったのは、あの大きなお邸《やしき》のある桜屋さんの嫁になれたらという娘らしい打算からの機嫌とりに他ならなかったのである。農家の娘の癖に、彼女はその頃から百姓を嫌い抜いていたのだ。

厄除八幡《やくよけはちまん》の境内にあるお稲荷《いなり》さんの叢祠《そうし》のうしろで、幸吉は簡単にお台を抱き、お台は簡単に幸吉に抱かれた。抱かれたあとで、さすがに自分の方から嫁にしてくれとは言い出しかねているお台に、幸吉はいった。

「おれの嫁になってくれるか」

「そりゃ、もう、幸吉さんなら」

「そうか」少しも嬉《うれ》しそうな顔をせず、むしろあたりまえといった表情で、幸吉はお台に嫁にしてやるための条件を出した。

「餓鬼の頃、おれはお前に空を飛ぶ話をいろいろと喋《しゃべ》って聞かせた。あれは憶《おぼ》えているだろう。馬鹿なやつと思うかもしれないが、おれはあの夢をまだ捨てちゃあいない。親の家を出て、お前と所帯を持ったら、おれはまっ先に空を飛ぶための道具をこっそりと作りはじめるつもりだ。人にかくれてやることだから、どうしても女房の協力がいる。どうだ。おれを助けてくれるか」

お台は、こっくりとうなずいた。この人ったら十八にもなって、まだそんな馬鹿なことをと腹の底では思ったが、もちろん顔には出さない。

男の野心を子供っぽいといって笑いとばしたり、男がうちこんでいる仕事や趣味に嫉妬《しっと》し、その邪魔をしたりして夢を砕こうとするのは、昔から主として女房という名の女の役目である。このお台も、幸吉の夢を、いささか気ちがいじみた、子供っぽい、そして何の役にも立たぬものと決めこんでいた。いずれ女房としての地位が確立したら、そんなことはやめさせてしまうつもりでいた。だからこそ、はっきり協力すると口には出さなかったのである。所帯を持ち、子供を生んでしまえば、そんな馬鹿なことにかかわりあっている暇などなくなる筈だから、やがては幸吉も、空を飛ぶなどといったことは忘れてしまい、家業に精を出すようになるだろうと、高をくくっていたのだ。

何度か逢《あ》いびきを重ねるうち、お台はとうとう妊娠した。

お台の母親がまず娘の腹に気がつき、仰天して父親に告げ、父親が怒って娘のふしだらを罵倒《ばとう》し、問いつめて相手の名を聞き出すというお定まりのひと騒ぎがあってのち、お台と金蔵の縁談は破談になった。

やってきたお台の父親にこの話を聞かされ、幸吉の父親もしかたなくふたりの結婚を認める。お台の腹がせり出す前にと、両家は大いそぎで祝言《しゅうげん》の支度にかかる。ここでおさまらないのが金蔵、一時は逆上して幸吉をぶち殺すとまでいきまいたものの、まあまあと周囲からなだめられ、考えてみれば相手の親は八浜の実力者であるる、これもまたお定まりの泣き寝入り。

やがて祝言も終り、しばらく親の家にいた幸吉夫婦は、桜屋の邸の隣りに小さな家を建ててもらってここに表具屋の店を出した。

5

「お前さん。やっぱり出かけるのかい」

その朝、不安げに訊《たず》ねるお台へ、幸吉はうなずき返した。「ああ。早く行かなきゃ人に見られる。百姓たちは早起きだ。今のうちにひとっ走り干拓地へ行って、こいつを試してくる」

幸吉は、拡《ひろ》げた長さが二間以上にもなるでかい翼をふたつ折りにして小脇《こわき》にかかえ、妊娠九カ月の腹をかかえたお台の見送りでわが家を出た。あたりはまだ薄暗い。

「ふん。いい具合に風は北から少し強めだ。これならふんわりと浮べるだろう」もはや気もそぞろである。

家から数町、干拓地を見おろす堤防の上に立ち、幸吉は眼を細めた。滑走路である堤防の上の細い道に邪魔ものがないことをたしかめると、彼は翼をおろした。

「今度こそ。今度こそは」彼はそう呟《つぶや》きながら、その場で翼を組み立てはじめた。

それはもはや、昔作ったような、腕にくくりつけ上下に振って羽ばたくなどという幼稚な翼ではない。中心部、つまり航空機でいえば胴体の部分を背中に背負い、翼の迎角《むかえかく》を一定に固定し、羽ばたく必要がある時は胸の前の紐《ひも》を二本交互に引くという、いわばグライダーにより近い、進んだ形態である。これは幸吉の〈飛行〉という概念が〈羽ばたいてとぶ〉ことから〈滑空する〉ことに変化してきたわけであって、つまり、瞬時でも宙に浮こうとする現実性を持ちはじめたこととともに、浮揚力の認識という点で飛躍的な進歩があったことを意味していた。

　とはいえ、材料は以前と変らぬ竹に渋紙である。しかも細工は、よりややこしくなっている。大工道具がない場所での組み立ては、思ったより時間がかかった。

「早くしなきゃ」幸吉はあせった。「そろそろ百姓どもが起き出してくる時刻だ。見つかって親父に注進でもされては一大事」

　いくら十九歳になっているといっても、当時では家長である父親への反抗などとんでもないこと、依然として幸吉が恐れているのは役人よりも父親であった。

　組み立て終り、背負った中心部を紐でがっちり何重にもからだへくくりつけ、幸吉は立ちあがった。しばらくはそのままで、いい追い風がくるのを待つつもりだった。

　と、立ちあがるなり、だしぬけに猛烈な北風が背後から襲ってきた。

「わ」拡げた翼面いっぱいに風を受け、幸吉は否応《いやおう》なしに堤防の上の小道を走り出した。

「ようし。ちょうどいいぞ。この風に乗ってやろう。そうだ。そして飛ぶのだ。干拓地の上空へ。あの大空へ」

　幸吉は走り続けた。今にも浮びあがれそうな気がした。事実、足が何回か宙に浮いた。そのたびに、彼は両足で思いきり地面を蹴《け》った。また、胸の前の紐をひいて羽ばたいても見た。やはりそのたびに浮上感があった。だが、浮揚することはできなかった。彼はただ、風にあおられて走り続けているだけだった。彼は堤の上を走り続けた。いつまでも走り続けた。何度もとびあがり、幾度も羽ばたいた。追い風はどんどん強くなった。幸吉の走るスピードは増した。夏でもないのに、幸吉はすでに汗びっしょりだった。彼はあえぎながら走り続けた。堤防の上を二町走った。三町走った。

「や」走りながら幸吉は、眼を丸くして前方を見た。

　ひとりの百姓が、馬をつれて堤防の上をこちらへやってくるのである。

「おうい」と、幸吉は叫んだ。「おうい。そこどけ。どいてくれ」

もはや彼自身の足の力で停止することは不可能だった。彼は声をかぎりに叫び続けた。「そこ、どいてくれいっ」

堤防の上をやってきたのは馬をつれた金蔵であった。

金蔵は最初、彼方《むこう》から近づいてくる茶色っぽいものを見て、堤防の上を一枚の障子か屏風《びょうぶ》か、あるいは何かそういったものが風にあおられ、どこかから吹きとばされてきたのであろうと思った。次にそれが巨大な翼であることを知り、その翼を持つものが鳥ではなく、あきらかに人の姿をしていることを認め、胆《きも》をつぶした。

「わ」

彼はもはや逃げられぬことを悟った。その妖怪《ようかい》が彼の方へ咆哮《ほうこう》しながら近づいてくる猛烈な速さを知ってもう駄目だと思い、軽い悲鳴とともにふんと鼻を鳴らして彼は道のまん中にゆっくりと尻《しり》をおろした。腰を抜かしたのである。

「ふひひひひひひひ」馬が嘶《いなな》き、棒立ちになった。

幸吉は辛うじて、すわりこんでいる金蔵の頭上を飛び越した。そして激しく馬と衝突した。

6

昭和三十五年三月十六日の夜、七時四十分、羽田を飛び立った全日空下り25便、DC3型旅客機は、目的地である名古屋小牧空港に無事着陸した。

「滑走路でUターンせよ。そして誘導路に入れ」と、管制官はDC3に命じた。この管制官は、見習いであった。

彼は当然、着陸したDC3が、その地点から最も近い北側の誘導路に入り、エプロンへ向うだろうと考えたのである。彼はその確認を怠った。

DC3の大堀機長は、Uターンしたのち、北側の誘導路よりもさらに離れている南の誘導路へ向った。

DC3に指示をあたえてから一分三十秒ほどのち、見習い管制官は、同じ滑走路にいた航空自衛隊第三航空団司令部のF86D全天候ジェット戦闘機に、離陸OKを伝えていた。見習い管制官にしてみれば、DC3は一分もあれば北の誘導路に入るであろうから、滑走路はあくと考えたのである。

だが事実はこの時、滑走路にはまだDC3がいた。F86Dが南から轟轟《ごうごう》とジェット・エンジンをふかして滑走してくることを知らず、まさにその南へ向っていたのだ。

「うわーっ。こ、こいつは何だ」彼方《かなた》からのろのろとやってくる中型旅客機を見て、F86Dを操縦していた平野二等空佐は魂をとばさんばかりに驚いた。「ちえええええっ。あの、馬、馬、馬鹿《ばか》の管制官め」

もはや停止も、方向転換も不可能であった。DC3の巨体はまたたく間に平野二等空佐の鼻さきへ迫った。このままでは二、三秒のうちに正面衝突である。

「ええええええいっ」彼は叫びながら操縦桿《かん》を引いた。ジャンプして衝突を避けるより他に方法がないと考えたのである。

だが、ジャンプしてDC3を飛び越すには、まだ推力が不足していた。ぐぐっ、と宙へ首をのばし、上昇しかけたF86Dの右の車輪が、DC3の右主翼にひっかかった。

ぴしーっ。どーん。

がしゃっ。

ばりばりばり。ぼーん。ばーん。がーん。

Ｆ86Ｄは数回転しながらＤＣ３の胴体へ突っこんでいった。ＤＣ３の後半部がちぎれ、尾翼が吹っとんだ。Ｆ86Ｄは宙を舞って地面に激突し、ごうごうと燃えあがった。

ＤＣ３の胴切りにされた部分からは、中の客席がまる見えになった。その切り口からは、いくつかの座席が外へはみ出した。そこに腰かけていたのは新婚旅行の夫婦だった。また、その部分の通路に立っていたのは、風邪をおして出勤していたひとりの美しいスチュアデスだった。三人は即死した。他にも、そのあたりの座席にいた十人が重軽傷を負った。

「事故だ」

「事故だぞっ」

事故を告げる空港作業員の叫び声を聞いた時も、当の見習い管制官はまだ平然としていた。「へえ。原因はなんだい」

自分が原因とは、思ってもいなかったのだ。

この事故で、自衛隊機が民間航空機と同じ飛行場を使っていることが問題となった。だがそれ以前に、同じ滑走路に二機が存在していた事実は、航空法の初歩さえいい加減にしている空港の醜態であるとされ、世論の大きな非難を浴びた。

7

幸吉は父親から勘当された。

もともと幸吉をよくは思っていなかった金蔵が、例の衝突事件を大袈裟《おおげさ》に言いふらしたためである。

「幸吉めは切支丹伴天連《きりしたんばてれん》の術を使い、空を飛ぼうとしている。いや。飛んでいる。すでに何度も飛びまわっている。わしは見た」

評判が八浜中に拡がり、当然これは幸吉の父親の耳にも入った。

「これだけ人に知れわたってしまったのでは、もはやお前を八浜においておくわけにはいかん」と、彼は息子にいった。

もう、昔のように、幸吉が空を飛ぼうとしたことを叱《しか》りつけはしなかった。息子のあまりにも大それた仕業に、叱る余裕さえなくしてしまい、ただおろおろするだけだった。

「このままでは、いずれお上《かみ》の耳にも入るだろう。もしこれが知れたら、なにしろ村人すべてが騒いでいる事実だ、お役人だってほっとくわけにもいくまいから、たとえわしがいくらもみ消しにつとめたところでどうにもならん、お前は捕まってしまう。そうなる前に、すぐここを立ち去れ。お前さえいなくなれば、やがては噂《うわさ》も下火になるだろうからな」

父親は幸吉夫婦に金をやり、八浜から立ちのかせた。勘当ということにしたのは、もし幸吉の異端の行動が咎《とが》めを受けた時、家族や親戚《しんせき》にまで累《るい》が及ぶのをおそれたからである。

その翌年、幸吉とお台は生れたばかりの男の子をつれて備前岡山にやってきた。ここで表具屋の店を出したが、地方から出てきたばかりなので注文が少なく、表具だけではとても食っていけないために紙屋も兼業した。店を開いた場所は、上之町ともいい、また西大寺町ともいい、はっきりしないが、おそらく現在の岡山市内の、それも旭川に近い場所であったろうと思われる。

ここへ引越して一年、どうにか商売も軌道に乗りはじめた頃、幸吉はまたもや性《しょう》懲《こ》りもなく飛行器具の製作に没頭しはじめた。当然、夫婦喧嘩《げんか》の絶え間がない。

「あんた、またそれをやってるのかい。いい加減にしておくれよ。ここは池田様のお膝《ひざ》もとなんだからね。そんなもの作っていることがわかったら大変だよ」
「男のすることに女が口出しするな。だいたいお前は嫁にくる前、おれのやること
に協力するとまでいったじゃねえか。今さらやめろもねえもんだ」
「へえ。大きな口きくんだね。お前さんはもう桜屋の跡とり息子じゃないんだよ。
わかってるのかい」
「だからどうだっていうんだ。じゃお前は、おれよりも、桜屋の家柄や財産に惚《ほ》れ
て嫁にきたとでもいうのか」
「ふん。ものも言い様だね。だけどその通りだよ。この際はっきり言っときますよ。
わたしゃ、桜屋の跡とり息子の幸吉のところへ嫁にきたんだからね。勘当されても
まだ懲りずに空飛ぶ道具を作っている貧乏な表具屋のところへなんか、嫁にくる気
は全然なかったんだからね」
「ほう。そうか。そんなにおれが気にくわなきゃ、いつまでもくっついていること
はあるまい。とっとと出て行きやがれ」
「おや。言ったわね。出て行きますよ。ええ。いつだって出て行きますとも」
もちろん子供がいるから、二人ともほんとに別れようなどと思ってはいない。

「ねえあんた。もう高松屋さんの屏風はやったんだろうね」

「いや。まだだ」

「困るじゃないか。明日持って行かなきゃいけないんだよ」

「二、三日遅れたって、どうってこたあねえや」

「以前と違って今じゃ子供がいるんだからねえ。ちっとは家業に精を出しておくれよ」

「おれの稼《かせ》ぎじゃ不足だっていうのか」

「そうは言わないよ。そりゃあんたは、大酒を飲むでなし、博打《ばくち》をやるでなし、仕事は真面目《まじめ》にやるけど、その唐傘のお化けを作る手間暇を家業の方へふり向けてくれたら、もともとあんたは腕がいいんだし、もっと儲《もう》かると思うんだがねえ。わたしゃそれがもったいなくってさ」

「馬鹿野郎。お前は金に換えてしかものの値打ちを計れねえのか。だから女は駄目だっていうんだ」

「ええ。どうせわたしゃ駄目な女だよ。だけどね、そんならその唐傘のお化けにどんな値打ちがあるっていうんだい。作ったって人前に出せないんだろ。もしそれが空を飛ぶ役に立ったとしても、人前でやって見せたらたちまち打ち首なんだよ」

「やかましい。たとえ打ち首になったって、やらなきゃいけないことってものがあるんだ。亭主のやることが気にくわねえんなら、出て行け。とっとと出て行け」

「ああ。わたしゃ子供まで打ち首になるのは厭《いや》だからね。すぐにでも出て行きますよ。ええ。出て行きますとも」

いつも、どうどうめぐりである。

それから二日後、出来あがったばかりの屛風を川向うの高松屋に届けた帰途、幸吉は旭川にかかっている京橋という高い橋の上まできてふと立ち止り、欄干越しに下の川原を見おろした。

「ここからなら、追い風を受けて飛ぶことができるぞ」そうつぶやき、彼はぱしっ、と平手で欄干を叩《たた》いた。「あっ。そうだっ。ここは要するに、おれが捜し求めていた、『高くて追い風があって、しかも下へ飛びおりることのできる』場所ではないか。ではここから飛べば、よく鳥がやっているように、翼を仰角度でもって固く緊張させて、宙をば水平に滑ることができるというわけだ」

あたりを見まわすと、うまい具合に人通りもない様子である。

「やってやれ」

思い立ったら一刻もじっとしてはいられない。彼はわが家めがけてぱっと駈《か》け出した。翼は一カ月前に、すでに完成している。飛ぶ機会がないまま、今日まではただあちこちをいじりまわしているだけだった。

駈けながら、彼は譫《うわ》ごとのようにつぶやき続けていた。「飛んでやる。飛んでやるぞ。喜べ。今日こそ飛べるんだぞ」

8

幸吉は何カ月も前から、地上を飛び立つのはよほどの推進力がない限り不可能であることを理屈で悟っていた。一羽の鳩《はと》を飼い、鳥と人間の重さを比較研究した結果、得られた結論だったのである。だから彼はもう、『羽ばたく』という考えを捨てていた。

といっても、彼の考える『滑空』が、単に高い所から飛び、地上へ降下してくるまでの時間をできるだけ長く保つという消極的なものに過ぎなかった、というわけでは決してない。彼は翼の迎角《むかえかく》によっては『飛び立った場所以上の高いところにまで浮揚できる』ことを知っていた。

「なぜならば、凧《たこ》だって適当な向い風があれば糸一本の支えでどんどん高みにのぼるではないか」そう考えたわけである。

ただ、推進装置というものを考え出せなかったため、どうしても前方へ進むための追い風を先に求めてしまうのは無理もないことであった。彼の頭には『上昇気流』といった観念はまだなかった。

翼をかついで、幸吉は京橋に引き返した。都合のいいことにお台が子供をつれてどこかへ出かけていたため、邪魔されずに家から持ち出すことができたのだ。途中、顔見知りの二、三人とすれちがったが、いずれも幸吉のかついでいるものを巨大な凧だと思ったらしく、少し眼を丸くしただけでさほど不審そうな顔は見せなかった。

幸吉は無人の橋の上で翼を拡《ひろ》げ、胴体の部分を背中にくりつけた。二年前の地上衝突事故の際に使ったものよりは、小骨の数をずっと多くし、また風向きによって翼がねじれることを見越し、それに耐え得るよう前縁の部分は二重にしてある。

彼は次に、苦心して左右の翼にとりつけた環《わ》へ両腕を差しこんだ。これは羽ばたくためではない。翼の迎角を変えるためである。

昼過ぎだった。橋の上には、あいかわらず人影がない。

幸吉は欄干の上に登った。

でかいものを背負っている上、両手が不自由だから重心がとり難く、いつまでもそこに立っていることができない。追い風を待つ余裕もなく、幸吉のからだはぐらりと前に傾いた。

「あ。しまった」

彼はそう叫んだ時、意外にも彼はすでに川原の数メートル上空をすーっと水平に滑空していた。

「わっ」幸吉は眼を見ひらいた。「と、飛んでいる。飛んでいる。おれは飛んでいるぞ。まるで空を飛ぶように、おれは今空を飛んでいるのだ。まさに飛んでいるのだ。鳥のように、空を飛んでいるのだ」

わけのわからないことをわめきながら、彼はいつまでも、先人の誰もがまだ経験したことのない大きな喜びに浸りきっていた。

やがて、その喜びの中で、ふと、追い風もないのになぜ前方へ進んでいるのかと彼は考えた。

「そうか。風がなくても空気に乗ることはできたのだ。追い風なんか待つ必要はなかったんだ。追い風などがあれば、かえってあおられるだけだったのだ。空気だ。おれは今、空気に乗って飛んでいるのだ」

　彼は今や有頂天だった。左右にのばした腕をほんの少しひねるだけで翼の迎角が変り、上昇することさえできるではないか。

「あ。昇った。上へ昇った。わはははは。自由自在だ。見ろ。見ろ。おれは今飛んでいる。大空を自分の思った通りに飛んでいるのだぞ。わはははははは」

　昼さがり、強い陽射《ひざ》しが照りつけるため、川原の上には熱上昇風が生じていた。幸吉はうまい具合にこれに乗ったわけである。また堤の斜面には、斜面に沿って吹きあげる風のために、いわゆる斜面上昇風も生じていた。幸吉はこれによって８の字滑空をすることもできた。つまりこの川原には、幸吉のための好条件が何もかも揃《そろ》っていたわけである。

　しばらく上機嫌で川原の上を飛びまわっていた幸吉は、やがて自分の勇姿を他人に見せたくて矢も楯《たて》もたまらなくなってきた。「ええい。しまったしまった。お台をつれてくればよかった。きっと腰を抜かすほどおどろいて、亭主を見なおしたに違いなかったんだ。ああっ、残念だ。あとでいくら、おれは実は空を飛んだといって聞かせても、おそらく誰も信用してくれないだろう。誰かいないだろうか。どこかに誰かいないか」

飛ぶまでは人眼を避けていた癖に、今は切実に目撃者を求めて、幸吉は川原を見まわした。もし役人に見られたら、などという心配はけし飛んでいた。いや、今の彼なら、たとえ役人の前であろうと姿を見つけ次第平気で飛んで行ったかもしれない。

うまい具合に、土手の傾斜に近い川原で野宴をしている一団があった。

「しめたっ」

幸吉は翼をめぐらし、彼らの方へ飛びはじめた。近づくにつれ、それが六、七人の家族づれらしいこともわかってきた。

この家族づれの一団が、何のために野宴していたのか、菅茶山《かんちゃざん》の「筆のすさび」の中にある幸吉伝によれば、ただ野宴とのみ記されているだけなので、土手の上に桜か何かが咲いていたため花見と洒落《しゃれ》ていたのか、それとも今日でいうピクニックらしきものであったのか、よくわからない。だが彼らがなぜそこにいるか、そんなことはもちろん幸吉にとってはどうでもよかったわけである。

「知っている連中かもしれん。そうであってくれれば尚《なお》さら好都合なのだが」幸吉は彼らの上空五、六メートルのところを滑空しながら叫んだ。「おうい。おうい」

女子供を混《まじ》えて酒盛り中の家族全員が、きょろきょろとあたりを見まわした。

ふつう人間は誰かから呼びかけられた場合、まず水平にあたりを見まわす。頭上から呼びかけられた場合、近くに高い建物があったとしても、上を見あげるのはいちばん最後である。まして昔のことだ。おまけに川原で近くに建物がないから、まさか頭上の空中から呼んでいるとは誰も思わない。せいぜいが土手の上を見あげる程度である。そうこうしているうちに幸吉は彼らの頭上を飛び越して川面《かわも》の上へ出てしまった。

「気がつかないな。ようし、すれすれに飛んでやれ」水の上で方向を転じ、翼の角度を変えて低空飛行に移り、川原へ引き返す。「おうい。ここだ。ここだ」幸吉は三メートルぐらいの高さで彼らに近づいていった。

「げ」

「わーっ。天狗《てんぐ》様だ」

「あれーっ」

「ば、化けもの」

今度はさすがに気がつき、気がつくなり仰天して、家族全員がいっせいに悲鳴をあげた。

「食われるぞ」

「に、逃げろ」

男たちは盃《さかずき》や馳走《ちそう》の折詰を投げ出し、泣き出した子供や腰を抜かして立てなくなった女たちをそのままにして川原を逃げはじめた。「はははははは。天狗と思っていやがる。愉快愉快」

幸吉は彼らのあわてふためく様子を笑いながら、がたがた顫《ふる》えて念仏を唱え続けている老婆《ろうば》の頭上すれすれを飛び越し、ふたたび上昇しようとした。だがこの時、よそ見をしていた幸吉の気づかぬ間に、彼の眼の前には堤の斜面が急速に近づいていたのである。

「わっ。しまった」

斜面上昇風に乗るにはいささか遅すぎた。幸吉は激しい勢いで土手に衝突した。

9

昭和二十七年四月九日午前七時四十二分、日本航空のマーチン2・0・2型旅客機木星号は、伊丹《いたみ》空港に向けて羽田を飛び立った。日本の民間航空が再開されたばかりで、機長も副操縦士も、ともにアメリカ人だった。

離陸直前、羽田のコントロール・タワーの管制官は木星号にこう指令した。「館山・大島経由大阪行、館山通過後十分間、高度二〇〇〇フィートを維持せよ」

この管制官も、やはりアメリカ人だった。彼は大島には三原山という山があり、その高さが二四〇〇フィートあるということを知らなかった。不幸なことには、機長のスチュワートもそれを知らなかった。彼はこの指令を丸呑《の》みにして復唱し、離陸していったのである。

乗員・乗客あわせて三十七名を乗せた木星号は、離陸後十三分で館山上空にやってきた。この時スチュワート機長は、地上の管制本部にこう報告している。「午前七時五十五分、館山上空、高度二〇〇〇フィート、計器飛行。これより館山の南方へ十分間、高度二〇〇〇フィートを保ち、それから上昇する」

館山から南へ向って十分間も進めば大島だって通り過ぎてしまう。伊豆大島にあるのは三原山、その山腹めがけて木星号は飛び続けていたわけであるから、それから上昇したって遅いのである。だが外人の悲しさ、そんなことは知らない。

木星号からの報告は、それが最後であった。

雲間から抜け出た木星号の前へ、突然くろぐろとした三原山の山腹が迫った。

「HEY。OH。NO。NO。NO。NO。WOW。DIE」スチュワート機長は顔から血の気をなくして操縦桿《かん》を引いた。

木星号は機首をぐぐっ、と上に向けた。スチュワート機長には一瞬、機がそのまま山肌すれすれに上昇して危機を脱してくれそうな気がした。だが、やはり間にあわなかった。

「ぐわおん」

轟音《ごうおん》ひとつ。それで終りだった。

やがて、三原山の山頂近くに衝突してばらばらになっている木星号の残骸《ざんがい》が発見された。乗員・乗客の全員が死亡していた。

アメリカ人航空関係者の無知を知る者にとって、当然これは起るべくして起った事故であった。

10

安倍川に近い、ここ、駿府の江川。

幸吉はこの小さな町に表具屋の店を出していた。もちろん女房お台、ひとり息子でもう五歳になった松吉も一緒である。

旭川の川原で飛行に及んだことが役人に知れ、ひどく叱責《しっせき》されて岡山を放逐されたため、彼は一年ばかり女房子供をつれて諸国を流れ歩き、ついに静岡までやってきて定住したのだった。

幸吉の川原での飛行がどういう経緯で役人に知れたかはよくわかっていない。だが、おそらくは彼におどかされた野宴の一家が腹立ちまぎれにおそれながらと訴え出たのであろう。もしくは彼らが他人に喋《しゃべ》りまわっているうち、役人の耳に入ったのかもしれない。

菅茶山はこう書いている。

「野宴の男女驚き叫びて逃げ走りける後に、酒肴《しゅこう》沢山に残りたるを幸吉あくまで飲みくらいして、また飛び去らんとするに地よりは立ちあがり難き故《ゆえ》、羽翼をおさめて歩して帰りける。後、このことあらわれ、市尹《しいん》の庁に呼び出され、人のせぬことをするは娯楽といえども一罪なりとて両翼をとりあげられ、その住める巷《ちまた》を追放せられて他の巷に移しかえられける」

ここでも官憲の知るところとなったいきさつは不明だが、残っていた馳走を全部食べてしまったというのが面白い。

日本航空協会編の「日本航空史」には、地元岡山のこんな言いつたえが紹介されている。「幸吉は池田藩の身分ひくき者で、平素から奇人の名あり、障子様のものを造りて或《あ》る夜、城の上より飛び降り、濠《ほり》に落つ。則《すなわ》ち切支丹の行いなりとて打ち首」そして、これはやはり表具師幸吉の方に信を置くべきであろうと書かれている。実際、幸吉が岡山で打ち首にされてしまったのでは、彼の静岡での活躍が見られなくなってしまう。

一年間の流浪《るろう》の生活がよほどこたえたのだろう。幸吉はそれ以後しばらく、飛行器具の製作をやめていた。商売にうちこみさえすれば、もともといい腕を持っているのだから生活には困らない。二年の間にゆとりもでき、また浜松あたりからもわざわざいい仕事を持ってきてくれる人もいたりして、お台もここのところ、ほっとひと安心といったところであった。

ところがその日、ひと眼で江戸からやってきたとわかる身装《みな》りをした、人品卑しからぬ四、五人の人物が、江川の幸吉宅へやってきた。

中のひとり、五十過ぎと思える瘦《や》せた男が、店にいるお台に名を名乗り、幸吉に面会を申しこんだ。「えー、わたしは平賀源内と申すものです。ご主人にお話がありましてな、それでその、江戸からこうして仲間と一緒に、まあその、やってまいりました次第です。幸吉さんはご在宅ですか」

平賀源内といえば日本国中に知られた大変な文化人であるから、もちろんお台も幸吉から聞いて名だけは知っている。びっくりして奥にいた幸吉に告げると、幸吉もおどろいて店さきへ出てきた。

源内が幸吉に他の男たちを紹介し、それぞれが己れの姓名を告げる。杉田玄白《げんぱく》、前野良沢《りようたく》、蜀山人《しよくさんじん》こと大田南畝《なんぽ》、どうまちがえたか史料では数年前に死んでいる筈《はず》の青木昆陽《こんよう》まで一緒についてきている。有名人ばかりである。幸吉は何事かとばかりあわてて一同を奥の座敷に請《しよう》じ入れる。一行は大声でがやがやと話したり笑ったりしながら、遠慮のない態度であがりこんできた。

何故《なぜ》かわからないが文化人とか有名人とかいうのは徒党を組みたがるものと相場が決っていて、この時代もそうであったらしい。集まっては馬鹿《ばか》話をして酒を飲み、どこそこに面白いものがあると誰かが言い出せばそれといって押しかけ、かしこに変った人物がいると聞けば相手の迷惑も考えず冷やかし半分にがやがやとやってきて案の定迷惑をかけるといった塩梅《あんばい》である。幸吉のところへやってきたのもおよそのところ、そういったことだったのであろう。誰かが幸吉の飛行の話を噂《うわさ》に聞き、そんな人物が駿府にまで流れてきているのなら、行って見ようではないか、駿府なら近くだ、そうだ、行こう行こうと、いずれも暇のある文化人、物見遊山《ゆさん》のつもりでわいわいがやがや東海道を下ってきたにちがいなかった。

「ところで幸吉殿」座につくなり、さっそく平賀源内が喋り出した。「あなたが岡山で空中を飛行なさった噂は江戸にまで聞えて、大変な評判になっています。鳥人幸吉の人気たるや、それはもう大変なものです。いやまったく、あなたのような先取の精神に富み、しかも行動力の備わった人物が日本に出現したということは、保守的で頑迷固陋《ころう》なわが国の政策を憎むわれわれ進歩的文化人にとっては心強い限りです」おだてはじめた。

「その通り、その通り」このころすでに文壇の大御所としての地位を約束されていて、いささか躁病的《そうびょう》になっていた蜀山人が、にたにた笑いを浮べながら身を揺すって同調した。「ああいうことをもっとやっていただきたい。うはははは。ああいうことをやっていただくことが即ちこの日本の、脳味噌《みそ》が硬化した連中の常識をばぶち破ることになるのです。うははは」この蜀山人、自分が狂歌作家なものだから、幸吉の行動もやはりユーモア精神から発したものであると早合点している。文化人にはよくあることである。

「ところで今度は、いつ、どこで実験をなさるおつもりですかな」このあいだ前野良沢との共訳で『解体新書』を出版したばかりの杉田玄白が身をのり出して訊《たず》ねた。

「われわれも科学の徒、もしお役に立つことがあればどんなことでもしてお手伝いしたい。それぞれの専門分野に関したことで何かのお力になれるかもしれません」

どうやらこの連中、幸吉をおだててまた空中を飛行させ、それを見物して面白がろうという魂胆のようである。また、あわよくばその成果をそれぞれの文化的活動に利用したいという考えも持っていたことであろう。だが幸吉はそうは思わない。

彼らが真面目《まじめ》な意図でもって自分の研究を応援しにきてくれたと思うものだから、真剣に考えこんでしまった。

「まことにありがたいおことばです。有名な諸先生方からこんなに支持していただけるなんて、思ってもいませんでした。しかし残念ながら、最近は飛行器具の製作や飛行の試み、まったくやっておりません。また、やる予定もありません。何分にもお上から大変なお咎《とが》めを受けましたので」

「おお、そのことも聞いておりますぞ。役人があなたをひどく責め、とうとう岡山から追い出したということもな。いやまったく役人とはそういったものでござる」

青木昆陽、自分も役人のくせにそういって顔をしかめ、かぶりを振った。

「残念ですなあ、それは」源内が大袈裟《おおげさ》に嘆息した。「せっかく国外で空中飛行の気運が高まっておるというのに、わが日本では体制側の弾圧をおそれ、誰も手を出そうとしない。いや、残念だ、残念だ。これじゃ日本が諸外国に遅れをとるのも当然」

「では外国では、すでに飛んでいるとおっしゃるのですか」幸吉の眼がぎらぎら光りはじめた。

「いや。まだ飛んではおりませんが、研究は進んでいます」ここぞとばかり、源内は自分の新知識を披瀝《ひれき》して幸吉の心を煽《あお》り立てはじめた。「だいたいイタリアなどではすでに二百五十年前、画家でもあり科学者でもあったレオナルド・ダ・ヴィンチという人が高度な飛行機械を設計していたというくらいです。とにかく飛行の研究を政府が奨励しているくらいですから、いかに西洋では飛行熱が盛んであるかおわかりでしょう。イギリスではケイレーという男が、またフランスではモンゴルフェという兄弟が、それぞれの方法で飛行術を研究しています。彼らが実際に空を飛ぶのはもはや時間の問題でしょう」

「いや、まったく惜しいことです」と、前野良沢がいった。「その連中に比べれば、幸吉殿などはすでに世界で一番早く空中飛行をなさっておられる。せっかくのそのご研究を中断なさるというのはまことに残念。いやもうまったく残念。残念だ。残念だ」

彼らの巧みなことばに乗せられ、幸吉はもう居ても立ってもいられなくなってきた。

居ても立ってもいられないのは、彼らの話を台所で聞いているお台も同じであった。

た。せっかくおさまった幸吉の飛行病が再発しては一大事と思うものだから気が気ではない。そんなことになったらやっと豊かになった家計がまたも苦しくなるだろうし、それより何よりお上の再度のお咎めが恐ろしい。今度こそは放逐どころではすまないだろう。必ずや打ち首などと思うものだから、茶菓の用意をしながらも心はうわの空である。

だからといってまさか、有名な知識人がずらり揃《そろ》っている前へしゃしゃり出て、あまり亭主をおだててくれるなと頼むわけにもいかないし、まして亭主に、この人たちの口車に乗らないでと釘《くぎ》をさすこともできない。そんなことをしようものなら自分の尻《しり》に敷かれている幸吉が笑いものになり、それこそ頑迷固陋の馬鹿女、妻たるものが男の話に口を出すとは何事か女は黙っておれとえらい人たちから一喝されるに決っている。松吉もやっと五つになったばかりだというのに、とんだ人たちがやってきてくれたものだ、ああどうすればよかろうとおろおろするばかりである。

だが「再度の咎め」をおそれる気持は幸吉にもあった。岡山での取調べのきびしさが身にしみていたからである。

「なあ、幸吉殿」考えこんでいる幸吉に、源内がいった。「われわれがついているからには、役人どもの眼をおそれることはちっともありませんぞ。はばかりながらこのわたしにしても、またここにいる玄白たちにしても、いささか幕府の政策に口出しすることのできる、いわば発言権を持っております。実をいえばわれわれ、今幕政の実権を握っている老中田沼意次《おきつぐ》殿とは昵懇《じっこん》の間柄でな」

「え。田沼様と」幸吉はおどろいて身をのけぞらせた。

当時、田沼といえば権勢日の出の如《ごと》きものであり、幕府の権力の代名詞とされているぐらいだったから、彼がおどろいたのも無理はなかった。

「その通り」と、玄白がいった。「われわれの意見や進言が田沼殿の政策に影響をあたえたことは何度もあるのです。ですから、もしあなたがふたたび飛行のご研究に打ちこまれるおつもりであれば、われわれがちょいと田沼殿に耳打ちして、むしろあなたの実験を幕府の庇護《ひご》下におくことも可能なのです。なあおい」と、彼は他の連中の顔を見まわした。「あの田沼に言ってやったら、なんとかなる、な」

「うん。なんとかなる、な」全員が顔を見あわせながら、いっせいにうなずいた。

反体制を気取りながらも体制側の権力者に知人がいることを匂《にお》わせ、その権力を利用したがるのも今の文化人とよく似ている。

「わはははは。ですからお内儀、あなたも心配はご無用ですぞ」蜀山人が、ちょうど茶菓を運んできたお台の冴《さ》えない顔色を見てそう力づけた。

もちろん、田沼様の庇護があると聞けばお台に否《いな》やはない。奨励金だって出るだろうから、むしろ願ってもないことである。「はい。ありがたいことでございます」深ぶかと頭を下げた。

幸吉は顔をあげた。「では、やりましょう」もともとやりたかったことである。圧力さえなくなるのならやらぬと言い張る理由は何もない。

「おお、やってくださるか」一同、手を打って喜んだ。

さっそく、どういうものを作るか、いつやるかといった相談になる。幸吉が思い出しながら描きはじめる岡山で飛行した際の翼の設計図を囲み、全員がめいめいの専門的立場から改良案を出す。特に源内は、明和の頃長崎から江戸へ上った時に泰西からのみやげ物として田沼意次に飛行船の模型を贈っているくらいだから、空気力学には詳しい上、自身の腹案もある。冗談を混えながらの議論が続き、設計図は次第にできあがってきた。

日が暮れてきたのでお台は気が気でない。酒や夕食を出さなければいけないのだろうが、なにしろ口の奢《おご》った人たちばかりだろうから変な料理を出すわけにはゆかぬ。中でも甘藷《かんしょ》先生と称されている青木昆陽などは今日でいえば料理評論家、滅多なものを出しては笑われるというので途方に暮れている。

やっと完成した大きな設計図を前にして、杉田玄白は首をかしげた。「ううん。こんなでかい翼を背負うには、よほど力の強い人間でなければならんぞ」

「それに、ある程度身が軽くなければなりませんな」と、前野良沢も口を添えた。

「それなら、ぴったりの人物がいるではないか。わははは」蜀山人が笑いながら源内にいった。「そら。お前の友達の」

「あ。稲葉小僧」源内は膝《ひざ》を叩《たた》いた。

「そうだ。あいつがいい」

「さっそく、あいつを呼べ」

全員が賛成し、源内はすぐに手紙を書きはじめた。

だいたいこういった連中は一方で政治権力の恩恵を蒙《こうむ》っていながらも、一方では反体制側に立つ人間のシンパを気取りたがる。源内が義賊稲葉小僧と知りあいであったのも、そうしたことだったのだろう。

「お内儀。お内儀」源内はお台を呼び、手紙を渡した。「お使い立てしてあい済みません。これを宛先《あてさき》のところへ届けるよう飛脚に頼んできてもらえませんか。それから」じゃらじゃらと懐中から金を出した。「これで酒や肴《さかな》を買ってきていただきたいのです。ああいや、ありあわせのもので結構、なんでも食べる連中ですからな。設計図ができましたのでひとつ盛大に祝盃《しゅくはい》をあげようと思います」

かくして酒盛りが始まった。酒席になれば今まで嘴《くちばし》を入れる機会のなかった蜀山人が座談の中心となり、冗談や馬鹿話、諸外国の珍しい話や気ちがいじみた法螺《ほら》話、はては歌までとび出して、その夜は明け方まで話がはずむ。

さっそく次の日から、幸吉は設計図と首っぴきで飛行器具の製作にとりかかった。すでに岡山での飛行で、進行力と重力の関係に気がついていたし、むろんそれ以前から鼓翼式に見限りをつけて凧《たこ》式にしている。今回はさらに諸家の進言を入れて中心部の後方に垂直尾翼らしきものも立てたため、ますます後年のグライダーに似たものが出来はじめた。

こうなってくると文化人五人は何もすることがない。近くの宿屋に部屋をとり、毎日幸吉の家にやってきては彼の仕事ぶりをぼんやり眺めたり、腕白盛りの松吉の相手をして庭で遊び呆《ほう》けたり、例によって集まって酒を飲んだり馬鹿話をしたりしている。書物奉行の昆陽は近くの文庫へ古文書《こもんじょ》を収集に出かけたりし、蜀山人などは寺の一室を借りて近所の連中を集め、狂歌の講習会を開いたりしている。

完成に近づくと、それが予想以上に大きなものであることがわかってきたため、運び出す時の困難を考えて幸吉は仕事場を庭に移した。こうなると人眼がうるさいからというので、源内はさっそく近くの役所へ出かけて行って役人たちに会い、例の田沼様をふりかざして簡単に話をつけてきた。

「もう心配はいりませんよ」と、彼は戻ってきて、庭で仕事中の幸吉に報告した。

「実験飛行も堂堂とやることができます」

実験飛行は近くにある広い枯野でやることに決っていた。源内の指図で、そこでは数人の人足が高さ五間半に及ぶ櫓《やぐら》を組んでいる。

「おい。源内。今、宿屋の方へ江戸からの返事が届いた」玄白、良沢、昆陽、蜀山人ががやがやと庭に入ってきた。

「おお。稲葉小僧から返事があったか。いつ来るといっていた」

源内の問いに、玄白は残念そうな顔でかぶりを振った。「それが、来られないのだ。運悪く、このあいだ駿河屋《するがや》へ押入ったところを銭形平次に捕まったらしい。今は牢にいる」

「そりゃ弱った」源内は頭をかかえた。「今日、明日にも完成するというのに、乗るやつがいなくてはしかたがない」

「ほう。だいぶできたな」一同は幸吉の取り組んでいる飛行器具に眼をやり、嘆息した。

「今になって計画が挫折《ざせつ》するとは、まったく残念だ」

「いえ。ご心配には及びません。わたしが乗って飛びます」幸吉が手を休めずにそういった。

「えっ」一同は眼を見はった。「五間半の高さから飛ぶのですぞ。大丈夫ですか」

「最初からそのつもりでした」幸吉はにこにこ笑って答えた。「もともと空を飛ぶことにあこがれて作りはじめたのです。今さら危険な飛行だけを他人様にしてもらうわけにはまいりません。落ちて死んでも本望です」

これを家の中で聞いていたお台は、またも気が気でなくなってきた。お咎めを受けずにすむのはいいが、もし幸吉が死ぬようなことがあってはもとも子もないわけである。

「よくぞ申された」お台の心配をよそに、源内たちはまたも幸吉をおだてはじめた。

「いや、それでこそ鳥人の名に恥じぬご決意」

「ま、この中でいちばん若いのは幸吉殿であるわけだし」

「すでに飛行の経験者でもある。稲葉小僧に飛ばせるよりは安心かもしれんな」

「うん。幸吉殿に飛んでいただけるのなら、成功間違いなしだ」

飛行器具は完成し、いよいよ飛行実験の日がやってきた。

11

五間半の櫓の上に立ち、翼の全長が一間半もある飛行器具を背負い、翼の下に両腕をのばして幸吉は地上を眺めた。

「さあ、飛ぶぞ。おれの研究が認められるかどうかの正念場、みごとに飛んで見せなければな」

下では源内たち五人と、検視の役人がふたり、それに見物人が七、八人、幸吉の姿を見あげている。黒山の人だかりにならなかったのは、実験の日時をあいまいにし、朝の暗いうちから皆で飛行器具をかつぎ、この江川郊外にある枯野まで運んできたからである。

お台はいなかった。夫が軽業師《かるわざし》のような危ないことをするのをとても見てはいられないといって、松吉といっしょに家にいるのである。松吉はついて行くといってきかなかったが、もし父親の真似《まね》でもするようになっては大変と、お台が外へ出さなかったのだ。

幸吉は風の具合をたしかめた。さほど強くない向い風がある。陽ざしは強い。よい天気である。下を見ると源内が手を水平に振っていた。いつ飛んでも大丈夫という合図である。

幸吉は息を深く吸いこみ、叫んだ。「よしっ。はなせ」

両翼を支えていた人足ふたりと、尾翼を持ちあげ胴体を支えていた人足ふたりが、いっせいに機体から手をはなして、さっと櫓の上に身を伏せた。

地上で喚声があがった。

幸吉は滑空していた。旭川の川原を飛んだ時とは比較にならぬ高度である。遠くわが家のある町家の屋根や神社の森も見える。

「飛んだ。飛んだぞ」

「見事。見事」

地上でやんやとはやし立て、喜び騒ぐ声も聞える。どうやら幸吉のあとを追って、全員が駈《か》けているらしい。いい気分であった。幸吉は陶然として飛び続けた。

「お台。松吉。親父《おやじ》は飛んでいるぞ。ふふ。馬鹿《ばか》な奴《やつ》ら。どうしてこのおれの晴れ姿を見たがらないのだ」

ふと下を見おろした幸吉は、いつのまにか枯野のはずれにある森の上空まできてしまっていることに気がつき、方向を変えようとした。ゆっくりと翼の迎角《むかえかく》を変え、右腕をわずかに前方へ、左腕をやや後方へ引いた。そして、ゆっくりと高度を下げた。

地上で、全員が何ごとかを大声で叫んでいた。顔色が変っていた。どうやらはやし立てているのではないらしい。あきらかに、何かに注意しろと叫んでいるのである。幸吉は前方を見た。近所の腕白が飛ばしているのであろう、巨大な四角い凧の姿が鼻さきにあった。

「わっ」

幸吉は急上昇しようとした。だが、間に合わなかった。右翼の根もとへ爪が衝突し、幸吉は十メートルの高さから真っ逆様に墜落した。

12

読者のご賢察通りこの章に於《お》いて筆者全日空ボーイング727―200型旅客機と航空自衛隊F86F戦闘機の空中衝突事件ご紹介する心算なりしもつい先頃のことゆえ事件の記憶あまりになまなましく詳細よく人の知るところにてくだくだしければ省く。

13

墜落した幸吉は瀕死《ひんし》の重傷だった。玄白、良沢という二名医の介抱も甲斐《かい》なく、その場で彼は息をひきとった。誰かがお台のところへ急を知らせに走ったが、彼女が駈けつけた時、すでに幸吉は死んでいたのである。

幸吉が息をひきとる寸前、源内は彼の耳に口を近づけて叫んだ。「あなたの死を無駄にはしませんぞ。あなたの志を継ぎ、われわれはこの日本の空を、空飛ぶ機械でいっぱいにして見せる。女子供でも乗れるような頑丈なもの、何百人もが乗れるような巨大なもの、数刻で世界をまわれる早いもの、あらゆる飛行機械でいっぱいにして見せますぞ」

だが幸吉は力なくかぶりを振ってこう答えた。「いいや。空を飛ぶということは、いつの世にも自然の理に反したことなのです。人間が空を飛ぶ時、それは死を覚悟した時でなければならない。いいかえるならば、死んでもいいから空を飛びたいと強く望む人間だけが空を飛ぶ権利を持つ。女子供が飛んだり、何百人もが一緒に飛んだりするなどは文字通り飛んでもないこと。飛んでいる機械が多ければ多いほど、悪いことは数限りなく起りましょう。いいですか。生涯事故続きであったこの幸吉が死んでのちも、いかに科学が進もうと、いかに立派な飛行機械が出来ようと、人、空を飛ぶ限りは……事故は……衝突は……墜落は……ぜ、ぜったいに……なくならぬ……ぜ……ぜっ……たい……に……」

（「オール讀物」昭和四十七年五月号）

「解説」ではない

北野勇作

なんだ、まだ迷っているのか？

悪いことは言わん。買え買え。買ってしまえ。なにしろ、これは君のための本だ。筒井康隆という作家をまだ知らない、これから読むことになる君のための本なのだ。

ひとつ、大切なことを教えてやろう。

君は今、大きな分岐点に立っている。

ここで筒井康隆の作品に触れるか触れないか。その選択によって、君の一生は大きく左右される。

とまあ、私はこれからそういう話をするのである。従ってこれは解説ではない。目次では解説ということになっているはずなのに、そんなことでいいのかと君は言うかもしれないが、いいのだ。

なぜなら、さっき筒井康隆になったつもりで考えてみたのだ。私は物事がわからなくなると筒井康隆になったつもりで考えることがよくある。もし筒井康隆ならこんなときどうするだろう、と。

もちろんそんなことで筒井康隆になれるわけがないし、筒井康隆のつもりになったところで本物の筒井康隆ではないのだからそれが正しいかどうかなどわからないのだが、それでいいのだ。自分自身が納得できればそれでいいのである。ではなぜそんなことをしなければいられないかというと、ええい、正直に言ってしまおう。筒井康隆の文庫の解説を書くというのは私にとってかなりのプレッシャーなのである。といっても、君にはその理由がわからないだろうな。まだ筒井康隆に触れてもいないのだからなあ。

じつは私が小説などというものを書くことになった原因のかなりの部分を筒井康隆が占めていることは間違いなく、ようするになにか言い訳を見つけないことにはプレッシャーでプレッシャーで書くことが出来ないのであるが、わからんだろうなあ。

いや私とていちおうは小説家でござい、SF作家でござい、と看板をあげて商売をしているのだ。筒井康隆も同じ小説家、同じSF作家ではないか。そんなことでどうする。それでもお前は作家のはしくれか、と君は言うかもしれない。言うだろうなあ。君だけではない、他にもいろんな奴《やつ》が言うだろう。うん、私だってそう思う。

でも、実際にそうなのだからもう仕方がないではないか。世の中にはそういうことがあるのだ。わかってくれ。ま、まだ筒井康隆を読んだこともない君なのだから、わからないだろうけどね。

まあとりあえずそういうわけで、さっそく筒井康隆になって考えてみたと思ってくれ。筒井康隆が自分の文庫の解説を北野勇作に書かせる、というのはどういうことか、を。

どう考えてもあれにちゃんとした作品解説などが書けるはずがない。

筒井康隆は思うだろう。

しかし、筒井康隆を読んだせいでこうなってしまいました、というそんなサンプルとしてなら、あれはちょうどいいのではないかな。

筒井康隆はそうつぶやいたのだ。

うん。そうだそうだそうに違いない。なにしろさっきまで筒井康隆になっていた私がそう言っているのだからこれほど確かなことはない。

ということで先を続ける。

さて、君は、筒井康隆の小説に初めて触れようとしている。私にもそんなときがあった。中学生の頃だ。筒井康隆というその作家の小説をこれまで読んだことはなかったが、その名前は見たことがあった。

例えば、『タイム・トラベラー』というテレビドラマのクレジットのなかの「筒井康隆著『時をかける少女』より」という一行。

もしかしたら、君もそうなのだろうか。

ふむ、『タイム・トラベラー』なんてものは知らないが『時をかける少女』は知っているのだな。よろしい、君は『時をかける少女』を知っている、と。

では聞くが、君の知っているその『時をかける少女』で時をかけたのは、誰だ？　原田《はらだ》知世《ともよ》ではないな。最近のＣＭのなかではいつのまにやら子持ちの設定になっていたりする原田知世だが、彼女もかつて放課後の理科室から時をかけたことがあった。知らんか。知らんじゃろうな、お若いの。わしなんぞは青春18きっぷを使ってロケ地の尾道まで行ったぞ。いやだいたいわしらの世代の男はひとり残らず、そういうことをやったもんじゃや。本当じゃ本当じゃや。嘘《うそ》だと思うたら、そこらの１９６２年前後生まれのＳＦ作家に尋ねてみい。

ちなみにお湯をかけたのは工藤夕貴だったか。なに？　なんのことやらわからん？　そうか、そうじゃろうなあ。原田知世が時をかけたことすら知らんのじゃからのお。

では、原田知世でないのなら、誰だ？　いったい誰が時をかけたのだ？

いや言うな。わかった。内田有紀か。内田有紀だろう。あれはテレビだったな。うんうん、内田有紀のあの時のかけっぷりもなかなかよかったぞ。なんとも勢いがあって——。えっ、違うのか。そうかわかった、ではあれか、なっちか。そうだろう。それも観《み》ておらんのか。ああ、それは観ておらんのじゃが、どんなものだったのかな、時のかけっぷりは？　どうせあとで気になることがわかっておるのだから、あのとき観ておけばよかったな。いやいや、それだけではないぞ。他にも何人か時をかけたのがいるはずだが、忘れてしまった。しかしきっとこれからもいろんな少女が時をかけるのじゃろうなあ、楽しみなことじゃなあ、ふぇっふぇっふぇっ、といつのまにかジジイになってしまったりするのも、じつは筒井康隆の小説の影響だったりするのだが、それがなんという作品なのかは教えてやらん。

ああ、そういえばこの内田有紀が時をかけたドラマに毎回出てきたなかなか貫禄《かんろく》のある住職がいて主人公の相談役になったりするのだが、これを演じていたのが筒井康隆という役者なのだ。原作者の筒井康隆と同姓同名である。じつにややこしい。さらにややこしいことには、同じなのは姓と名だけでなく、違うのは一方が原作者でもう一方が役者であるということだけなのである。

昔からの読者はよく知っていることなのだが、筒井康隆は作家であると同時に役者でもある。だから君がまだ筒井康隆の小説を読んでいなくても筒井康隆の名前は知っていて、ああテレビドラマなんかで見たことがあるあの筒井康隆という役者は小説も書くのだな、などと思うのは無理もないことなのである。

だから私もつい、いやいや、あの筒井康隆というのは本来小説家であって役者をやることもあるのだよ、などと偉そうに言ってしまいそうになるのだが、しかしよく考えてみれば、むしろ君のほうが正しいような気がするのだ。

これも昔からの読者はよく知っていることなのだが、筒井康隆は本来役者なのである。小説を書く前にすでに、役者として舞台に立っていた。

だから、筒井康隆は演じる舞台を一旦《いったん》紙の上に移しただけなのであり、そして後になって紙の上から再び最初に自分のいたところまで舞台を拡張した。それだけのことではないか。今となってはそんな気がするのだ。

なぜ、舞台を紙の上に移さなければならなかったのかは、その当時の筒井康隆の日記などを読むとよくわかる、いや、筒井康隆になったつもりで読むとよくわかったような気になれるのだが、まあそういう楽しみ方はもっとあとにとっておけばよろしい。

とにかく、筒井康隆は作家である前に役者であった。

なによりもこの自選傑作集が「ドタバタ」と「ホラー」で構成されている、ということがその証拠ではないか。

その虚構内のキャラクターにとってドタバタとホラーの区別はない。例えばこのドタバタ編におさめられた小説群の登場人物たち——つまり虚構内存在——は、次々にやってくる恐怖におびえ、逃げ回り、もがきのたうちまわる。その状況は紛れもないホラーなのだ。

では、ホラーとドタバタを分けるのは何かといえば、それを見ている観客の心理をどう誘導していくかという演出なのである。

観客が虚構内存在にぴったりとよりそって感情移入し虚構内存在と同じ恐怖を感じれば、それはホラーになる。そして、災難にみまわれた虚構内存在をある距離を置いて他人事として見物するとき、それは笑いに繋《つな》がる。と、こう書くのは簡単だが、実際そううまくはいかないというのは、現に世の中に怖くないホラー、笑えないドタバタ、がごろごろしていることからもわかるだろう。

さて、作品と演出を理解し、観客の心理の誘導を正確にやってのけることこそが役者の仕事である。そして、それがうまくいったときに最高の悦《よろこ》びを感じるのもまた役者なのだ。

ここには演出家の筒井康隆が演出し、役者の筒井康隆が紙の上で演じたそんなドタバタがおさめられている。

いろんな笑いがある。観客は自分のなかにある自分でもまだ知らなかった笑いの地点まで連れて行かれるだろう。

筒井康隆は観客のなかの恐怖と笑いをいとも簡単に反転する。ひとつの舞台の上で何度も何度も。その結果、なにが恐怖で何が笑いなのかわからなくなって、もう笑ってしまうしかない。そんなところまで観客は連れて行かれるのだ。

そこで思うのは、もしかしたら筒井康隆にとってメタフィクションという手法は文学的必然から来るのではなく、役者としてのごく自然な生理から来ているのではないか、ということであり、例えば、自分が虚構内の存在であると登場人物たちが意識しながらそれでも全体の流れを見て行動しているというのは、まさに舞台に立っている役者の感覚そのものではないか、とまあこんな話は、これから筒井康隆を楽しむであろう君にはまだ早いか。いやいや、こんなものではないぞ。話すことはまだまだ幾らでもあるのだ。

嫌いなものやつまらないもののことを話すのもそれなりに楽しかったりもするのだが、やはりどこか空《むな》しいもので、本当に楽しいのは、大好きなものやすごいもののことを話すことだろう。
私には解説は出来ないが、筒井康隆について話すことなら幾らでも出来る。
私は君とそんな楽しい話がしたいのだ。

（平成十四年七月、作家）

「のたくり大臣」「傾いた世界」　新潮社刊『夜のコント・冬のコント』（平成二年四月）、新潮文庫『夜のコント・冬のコント』（平成六年十一月）に収録

「五郎八航空」「毟りあい」　新潮社刊『メタモルフォセス群島』（昭和五十一年二月）、新潮文庫『メタモルフォセス群島』（昭和五十六年五月）に収録

「関節話法」「最悪の接触」　新潮社刊『宇宙衞生博覽會』（昭和五十四年十月）、新潮文庫『宇宙衞生博覽會』（昭和五十七年八月）に収録

「空飛ぶ表具屋」　河出書房新社刊『将軍が目醒めた時』（昭和四十七年九月）、新潮文庫『将軍が目醒めた時』（昭和五十一年十二月）に収録

新潮文庫最新刊

畠中恵著
むすびつき
若だんなは、だれの生まれ変わりなの？　金次との不思議な宿命、鈴彦姫の推理など、輪廻転生をめぐる5話を収録したシリーズ17弾。

島田雅彦著
カタストロフ・マニア
地球規模の大停電で機能不全に陥った日本。原発危機、感染症の蔓延、ＡＩの専制……人類滅亡の危機に、一人の青年が立ち向かう。

千早茜著
クローゼット
男性恐怖症の洋服補修士の纏子、男だけど女性服が好きなデパート店員の芳。服飾美術館を舞台に、洋服と、心の傷みに寄り添う物語。

本城雅人著
傍流の記者
組織の中で権力と闘え!!　大手新聞社社会部を舞台に、鎬を削る黄金世代同期六人の男たちの熱い闘いを描く、痛快無比な企業小説。

柿村将彦著
隣のずこずこ
日本ファンタジーノベル大賞受賞

村を焼き、皆を丸呑みする伝説の「権三郎狸」が本当に現れた。中三のはじめは抗おうとするが。衝撃のディストピア・ファンタジー！

塩野七生著
小説　イタリア・ルネサンス3
―ローマ―

「永遠の都」ローマへとたどりついたマルコ。悲しい過去が明らかになったオリンピアとの運命は、ふたたび歴史に翻弄される――。

傾《かたむ》いた世《せ》界《かい》

自選ドタバタ傑作集 2

新潮文庫　つ－4－44

平成十四年十一月一日発行
令和三年二月二十日九刷

著者　筒《つ》井《い》康《やす》隆《たか》

発行者　佐藤隆信

発行所　株式会社新潮社

郵便番号　一六二―八七一一
東京都新宿区矢来町七一
電話　編集部(〇三)三二六六―五四四〇
　　　読者係(〇三)三二六六―五一一一
https://www.shinchosha.co.jp

価格はカバーに表示してあります。

乱丁・落丁本は、ご面倒ですが小社読者係宛ご送付ください。送料小社負担にてお取替えいたします。

印刷・大日本印刷株式会社　製本・加藤製本株式会社

ISBN978-4-10-117144-9 C0193